KB063149

아 맞다, 내가 진료중이었지?

어느 어리버리 정신과 의사의 비밀 일기

- 일러두기

책의 일부 내용은 환자 개인 정보가 노출 될 수 있어 특정 할 수 없도록 각색하여 작성 하였습니다.

아, 맞다. 내가 진료 중이었지?

어느 어리버리 정신과 의사의 비밀 일기

글. 노현재

저는 매주 풋살 모임에 나가고 있습니다. 가장 연장자인 저는 동생들을 이기기 위해 가끔은 스포츠맨십을 잠시 잊기도 합니다.

공을 몰고 가며 "야! 너 신발끈 풀렸다!"라고 제가 외치면, 어리숙한 동생들은 정말로 신발끈이 풀렸는지 확인하느라 정신이 없습니다. 그 틈을 놓칠리가 없는 제가 앞으로 쑥 나아가면, 동생들은 저에게 외칩니다. "아~ 형님! 정신과 의사가 정말 이래도 됩니까?"

이렇게 저는 장난기도 많고, 때로는 제 직업이 정말로 정신과 의사가 맞냐고 질문을 받기도 하는 그런 정신과 의사입니다. 정신과 의사가 되기까지 정말 수많은 고비들이 있었습니다. ADHD를 평생의 친구로 삼아온 저는 좌충우돌 사고뭉치였기 때문입니다.

진중하고 냉철해야만 할 것 같은 정신과의사라는 직업의 이미지와는 거리가 먼 저는 여전히 매일매일 어딘가에서 '아, 맞다!'를 외치며 어리바리 살아가고 있습니다. 그럼에도 제가 매일 정신과 의사로서 용케

하루하루 환자들을 마주하는 것을 보면 정말 앞날은 알다가도 모르는 일입니다.

정신과 의사라는 직업은 생각보다 복잡하고, 때로는 예측할 수 없는 일들로 가득합니다. 환자들의 이야기 속에는 수많은 감정과 사연이 얽혀 있고, 그 속에서 저도 함께 울고 웃으며 하루를 보냅니다. 하지만 어쩐지 저의 어리바리함이 때로는 그 복잡함을 조금은 덜어주는 것 같습니다. 이처럼 저의 어리바리함은 오히려 환자들과의 거리를 좁혀주는 다리가 되어 주기도 합니다. 그리고 이러한 과정 속에서 저는 때때로 환자분들에게 배움을 얻기도 하고, 위로를 받기도 합니다.

'아, 맞다! 내가 진료 중이었지?'는 이렇게 쌓여간 제 이야기들을 담아낸 책입니다. ADHD와 우울증을 앓기도 했던 제가, 일상 속에서 마주하는 작은 실수들과 아픔들 속에서 발견하는 소소한 깨달음들을 이야기해 보았습니다. 아, 잠깐! 너무 놀라지는 마세요. 이 이야기들은 슬픈 이야기가 아니라, 따뜻하고 유쾌한 이야기가 될 것입니다.

'아, 맞다!'를 외치며 실수를 만회하는 순간들, 어

리바리하지만 환자를 위하는 마음만큼은 진심이었던 제 순간들이 모여 당신의 마음에 작은 위로와 따뜻한 웃음을 전해주기를 바랍니다.

차례

오전 진료

ENFP 정신과 의사는 힘들어요

진료 시간에는 환자분과의 대화주제로 무거운 이야기만을 꺼내야 할 것만 같은 알 수 없는 의무감이 들고는 한다. 환자분들이 정신과 의사에 대해 가지고 있는 기대나 바라는 스테레오타입이 있을 것 같아 거기에 부응해야 한다는 부담감이 있기도 하고, 괜스레 의사로서 체면을 차리려고 하는 내 어린 마음인것 같기도 하다. 그래서 그런지 진료 중에 가끔은 농담이나 장난을 쳐보고 싶기도 하고, 일상적인 대화도 나눠보고 싶지만 최대한 자제하는 편이다.

그렇게 한동안 스스로를 잘 다스려왔으나 아뿔싸... 오늘은 진료 중간에 정신과 의사라는 정체성의 고삐를 놓치고 말았다. 환자분이 새로 시작한 취미 생활이 베이킹이라는 것을 내게 알려준 것이 화근이었다. 나 또한 홈베이킹의 애호가로서 반가움에 그만 이성을 잃고 빵과 관련된 수다를 떨었다. 흥이 나버린 나는 대화 도중 내가 만든 빵 사진까지 보여드리고 말았다. 이후 정신이 들은 나는 "아무리 내가 ENFP였어도... 진료중인데 참았어야지" 하고 속으로 나를 채근했다.

그렇게 다시 진료로 돌아와 면담을 마칠 때쯤 나는 환자분에게 물어보았다. 진료를 마치기 전 마지막으로 궁금하거나 걱정되어 물어보고 싶은 것은 없는지 말이다. 그런데 환자분은 내 질문에 베이킹과 관련된 것을 물어보시면서 결국 대참사가 일어났다.

5분 전만 해도 "ENFP여도 참자!"는 내 각오는 금세 내 머릿속에 지워진 지 오래. 또다시 신나게 베이킹에 대해 떠들어 버렸다. 정신과 의사와 ENFP 정체성, 이 사이의 간극을 조절하기란 참 쉬운 일이 아니다.

그래! ENFP도 나고, 정신과 의사도 나인걸...
어쩔 수 없지!

아! 맞다!

내가 그동안 30년 넘게 살아 오면서 가장 많이 한 말이 무엇이냐 물어본다면, 명확하게 대답할 수 있다. 그것은 바로 "아! 맞다!"이다. 어떤 질문에도 나의 대답은 한결같다.

챙겨왔어? - 아! 맞다!
예약했어? - 아! 맞다!
가져갔어? - 아! 맞다!
말해봤어? - 아! 맞다!

이런 내게 주변 친구들은 말한다. 너 나중에 병원 차리면 꼭 아맞다 의원이라고 해야 돼! 이 말도 빼놓지 않고 말한다. 설마 환자분들이 뭐 물어보면 환자분들한테도 "아! 맞다!"라고 하는 건 아니지?

"아! 맞다!"와 함께 하는 삶이 얼마나 힘든지도 모르면서 이렇게나 놀리다니... ADHD로 살아간다면, 이것이 얼마나 힘든 일인지 알 텐데 말이다. ADHD에 걸리게 하는 마법이 있다면 몽땅 걸어주고 싶은 마음이 든다. 근데 그것도 문제다. 서로 주야장천 대화 중에 "아! 맞다!"만 외칠 텐데... 생각만 해도 끔찍하고 머리가 아파온다.

오늘 한 환자분은 내게 말했다. 자신이 별명이 '아맞다'라고 말이다. 자신의 별명을 이야기하는 환자분은 마치 '선생님은 이런 별명 처음 듣죠?' 하는 표정을 내게 지어 보였다. 애석하게도 환자분의 예상과 달리 나는 속으로 '나와 같은 별명이라니…' 하며 환자분 생각과 다른 이유로 흠칫 놀라고 있었다. 곧 나도 환자분께 고백했다. "사실 제 별명도 아맞다입니다"라고 말이다.

이어서 환자분께는 나중에 병원을 열면 아맞다의원으로 할 건데 꼭 그 병원의 첫 번째 환자가 되어달라고 부탁드렸다. 곧 우리는 함께 웃었고, 그 순간 조금 더 가벼워진 마음으로 서로를 이해할 수 있었다. 어쩌면, '아맞다'란 ADHD의 숙명과 같은 것이 아닐까 하는 생각이 들었다.

환자분이 돌아간 후에도 아맞다 의원의 모습을 상상해 보았다. 아맞다 의원의 대기실에는 항상 약간의 소란이 있을 것만 같다. 사람들은 자신의 이름이 불리기를 기다리며, 잡지를 뒤적이고, 커피를 홀짝이며, 자신에게 걸려오는 전화에 '아! 맞다!'를 외치고 있을 것이다. 간호사도, 나도, 환자도 모두 수시로 '아! 맞다!'라고 하지만 그 누구도 짜증 내지 않고 인자하게 용서해 줄 것이다.

어쩌면 그곳에서는 '아맞다'라는 말은 하나의 암구호로 통할 것 같다. '아맞다'란 다른 사람들은 전혀 이해할 수 없는, 우리만의 유대감을 형성하는 시그널일 테니 말이다.

차트 정리를 해야 했지만, ADHD답게 나는 차트 정리 따위는 까마득히 잊어버린지 오래. 내친김에 아맞다 의원의 인테리어까지도 상상해 본다. 대기실 벽에는 "아! 맞다!"라는 큰 글씨가 적혀 있고, 그 아래에는 "잊어버리기 쉬운 것들을 위한 작은 메모"라는 문구를 적어 둘 것이다. 메모판에는 각종 예약, 중요한 일들, 심지어는 오늘의 할 일 목록까지 적혀 있을 것이다. 그렇지만 아무도 보지 않을 것이다. 그래야만 "아! 맞다!"라고 외칠 테니 말이다.

'아! 맞다!' 이 말속에는 나의, 어쩌면 ADHD로 고생하는 이들의 하루하루가 담겨 있다. 그리고 내가 언젠가 정말로 아맞다 의원을 열게 된다면, 그곳은 단순히 치료만 하는 곳이 아니라 고생하고 있는 서로의 마음을 이해하고 보듬어주는 따뜻한 공간이 될 것만 같다. ADHD가 아닌 사람이 보기에는 참으로 답답한 공간이겠지만 말이다.

생각해보니 결국 내가 하려고 했던 차트정리는 하지 못했다. 이렇게 내 마음과 달리 오늘도 나는 또다시 외치고 만다.

"아! 맞다!"

1. 여러 곳에 경고 신호 카드를 둔다. 예를 들면 "정신 차려! 까먹은 것은 없어?"와 같은 문구들을 메모하여서 컴퓨터 모니터나 핸드폰 충전기 근처에 붙여둔다.

부록 : ADHD가 까먹지 않는 방법

2. 스마트 워치와 핸드폰의 알람 기능을 활용한다. 알람을 적극적으로 맞추어 까먹을 수 있는 일에 대해 상기시켜줄 수 있도록 한다. 시끄러워도 어쩔 수 없다.

3. 5분, 30분, 1시간 간격으로 까먹지 말아야 할 일에 대해 시간 간격을 두어 인출하고 암기한다.

4. 자기와의 대화 (예: 너 지금 자동차 어디에 주차 중이야? 지하 3층 14 구역에 주차 중!)와 같은 방법들을 통해 정보 등록을 반복하고 시연하면서 암기를 해본다.

5. 시각 단서를 상상해 본다. 기괴하고 과장된 이미지일수록 외우기가 좋다. 수도 요금을 오늘 내야 하면, 서핑하면서 요금을 내러 가는 내 모습을 상상하면서 외워본다.

6. 곧 있을 시험을 벼락치기 할 때 처럼 자신만의 암기법을 만든다. 이번주 내로 해야 하는 일들이 과제 제출, 독서, 사진 인화하기, 백화점 가서 환불하기라면 독사과를 먹은 백설공주 등으로 외워본다.

7. 차근차근 당황하지 말고 스스로 되물어 본다. 오늘도 핸드폰을 어디에 두었는지 당황스럽다면, 무작정 찾아보지 않는다. '내가 집에 와서 어디로 갔지?' '내가 지금 핸드폰을 두면 어디에 둘까?'와 같은 질문들을 하며 차근차근 되짚어 보며 찾아본다.

아 맞다는 이제 그만?

8. 아 맞다! 하면서 그냥 자신의 숙명을 받아들인다. 포기하면 편하다 (?)

아파야 설움을 안다

감당하기 힘든 일들을 동시에 겪게 된 시기가 내게 있었다. 이를 잘 견디지 못했던 나는 공황, 이유 없이 흐르는 눈물, 불면과 같은 증상들에 시달렸다. 매일 밤, 잠을 이루지 못하고 뒤척이면서 새벽을 맞이했다. 가슴이 답답하고 숨이 막히는 듯한 공황 발작이 찾아올 때면, 나 자신이 통제할 수 없는 불안감에 휩싸였다. 이러한 증상들은 쉽게 사라지지 않았고, 결국 긴 고민 끝에 병원을 방문하게 되었다. 처음으로 환자를 진찰하는 의사의 입장이 아닌, 반대의 입장에서 정신과를 경험하게 된 것이다.

정신과 치료를 받는 것은 생각보다 큰 부담이 되었다. 대부분 정신과 병원들은 진료 시간이 길고, 예약제로 운영되는 곳이 많았다. 그래서 예약된 진료 시간 전후로 항상 여유 시간을 넉넉히 두어야만 했다. 정신과 진료 일정이 내 하루 일과에 끼어들 때면, 그 날의 일정에 큰 영향을 미쳤다. 20분이라는 짧은 시간 동안 이루어지는 진료를 위해 많은 번거로움과 수고가 필요한 것이었다.

하루는 병원 예약 날짜가 다가오자, 병원에 가는

것이 너무 귀찮기도 하고 진료를 보러 다니는 내가 한심하게 느껴지기도 했다. 바쁜 직장 생활 중에, 친구들과 즐겁게 노는 약속도 잡지 못하고 매주 진료를 본다는 것이 마치 내가 하자 있는 사람이라고 자꾸만 되새겨주는 것 같았다. 때로는 진료가 끝난 후, 병원에서 나오는 길에서는 속마음을 털어놓았다는 후련함보다는 스스로를 자책하며 마음이 무거워지기도 했다.

어느 날은 생각보다 일찍 병원에 도착했지만, 오히려 예정된 진료 시간보다 내 진료가 30분가량 늦춰져 1시간 가까이 대기하게 된 날이 있었다. 병원 로비에서 유튜브도 보고, 음악도 들으며 시간을 보내고 있었지만 시간이 너무 더디게 가는 기분이었다. 나도 모르게 속으로 "의사 선생님은 내가 얼마나 힘들게 진료에 오고 있는지 알까? 내 시간도 소중한데… 언제까지 기다려야 하는 거야?"하며 투덜거렸다. 가끔은 진료를 보아주시는 의사 선생님께서 별다른 말 없이 "음, 알겠어요. 약을 늘려봐요"라며 갑자기 진료를 마치는 날에는 내심 속으로 조금 서운해 하기도 했다.

이런 과정들을 겪으면서 나는 알게 되었다. "아…

생각해 보니 나는 그동안 환자분들이 내 외래로 찾아 오실 때 얼마나 큰 수고로움을 겪고 오시는지 전혀 몰 랐구나."라고 말이다.

혹시라도 이렇게 수고스럽게 본 진료가 성의 없게 느껴진다면, 환자 입장에서는 어떠한 기분일지도 상상 해본다. 가뜩이나 서러운 일이 한가득인데, 위로 받고 자 온 곳에서도 냉담한 느낌을 받는다면... 환자 입장에 서는 꽤나 서러움을 느낄 것 같았다. 골절처럼 눈에 명 확하게 보이지도 않고, 아직은 진료를 보기만 해도 비 난받기도 하는, 이런 마음의 병을 진료 보기 위해 병원 을 찾아 온다는 것은 정말 많은 수고를 필요로 하는 어 려운 일이었다.

진료를 본 그날 저녁, 내 머릿속에는 매주 꼬박꼬 박 시간을 지키며 외래를 찾아주는 환자분들의 얼굴 이 계속 떠올랐다. 그분들의 시간과 노력이 헛되지 않 도록, 좀 더 나은 의사가 되어야겠다는 다짐과 함께 옛 속담인 "병들어야 설움을 안다"는 말이 떠올랐다.

역시 옛말에는 틀린 게 없나 보다.

ADHD 약

오전약으로 콘서타를 처방 받았다.
콘서타에 적응하기전에 부
살이 많이 빠지기도 했었다
이 외에도 불편한게 많았
그래도 내게 참 고마운 약
도움을 많이 준 약임에는

환자 성명 : 노현재
접수 번호 : 22459

006
취침전

아직 남아있는 취침약

취침약을 먹으면 아침까지 졸릴 때
가 많아서 자주 바꾸었던 기억이 난
다.

조금 느려도 괜찮아

엉덩이가 무겁던 나는 내비게이션 예상 도착 시간과 약속 시간을 딱 맞춰 나가던 때가 있었다. 서울이라는 곳은 내비게이션 도착 시간에 맞춰 출발하면, 어딘가에서 수많은 차들이 등장해 내 앞길을 가로막곤 했다. 그러면 내비게이션은 마치 그 시간에 도착할 수 있다고 말한 적이 없다는 듯, 예상 도착 시간을 계속 뒤로 미루곤 했다. 그럴 때면 나는 여유를 부린 나 자신을 원망하기도 하고, 길가의 다른 차량들에 짜증을 내기도 했다. 마치 그들이 의도적으로 나를 지체시키는 것 같은 느낌이 들었기 때문이다.

몇 차례 이런 일을 겪은 후에는 미리 출발하는 편이 되었지만, 도로 사정은 예측할 수 없었다. 갑작스러운 폭우나 교통사고 등으로 도로가 통제되거나 정체될 때도 있었다. 일찍 출발했음에도 불구하고 내 의지와 상관없이 약속 시간에 늦어지는 날도 있었다. 이런 일이 벌어지면 나는 급가속과 급브레이크를 밟으며 내비게이션 시간을 줄이려 했다. 그러나 그 노력은 항상 헛되게 느껴졌다. 초조함 속에서 차선을 바꿔가며 빠르게 가려고 노력하지만, 곧 내 차는 빨간 불 신호에 걸려 서게 되고 내가 추월했던 차는 다시 옆으로 돌아와 있는 경우가 많았다. 내비게이션의 예상 도착 시간은 조금의 희망도 허락하지 않았다.

환자분들은 때로 내게 이야기한다.

"친구들의 SNS를 보면 대학생활도 잘하고 알차게 보내는 것 같은데, 저는 이미 늦었어요. 전 정말 망한 것 같아요."

"벌써 취업해서 돈을 벌고 있는 친구도 있고, 취준 생이어도 스펙을 쌓으며 열심히 다들 살고 있는데, 무 기력한 저를 보면 너무 조급해요. 따라잡을 수 있을까 요?"

이처럼 환자분들은 우울증 등으로 인해 삶의 계획 이 뒤로 밀리며 초조해하고 자책하기도 한다. 약속 시 간에 조금 늦어도 이렇게나 초조하고 다급해지는데, 환자분들의 마음을 어땠을까? 운전하면서 환자분들 을 떠올리던 나는, 약속 시간에 늦어도 차분히 안심시 켜 주던 어머니의 모습이 생각났다. 나를 안심시켜 주 는 어머니처럼, 환자분들께도 빠르게 달리지 않아도 괜찮다고, 잘 도착할 거라고 다독여드리고 싶었다.

약속 장소에 늦어 초조했던 나와 마찬가지로, 환자
분들도 병으로 인해 삶의 일정이 늦어지며 불안해하
고 초조해하고 있을 것이다. 때로는 다급한 마음으로
인해 서두르다가 오히려 더욱 좌절하고 상처를 받는
경우를 보기도 했다.

조금 늦었더라도, 조급해하지 않아도, 지금 모습으
로도 충분히 노력하고 있다고 환자분들께 이야기해드
리고 싶었다. 그리고 환자분들은 결국 자신의 목적지
에 잘 도착할 수 있다는 것을 알고 있는 내가, 환자분
들이 조급한 마음에 위험하게 길을 가거나 포기하지
않도록 돕는 사람이 되어야겠다고 다짐했다.

혹시 지금 불가피하게 목적지에 늦어져 조급한 분
들이 있다면 이렇게 이야기해 주고 싶다.

"서두르지 않아도 괜찮아요. 우리는 목적지에 잘
도착할 거에요"

" 조금 늦었더라도, 조급해하지 않아도,
지금 모습으로도 충분히 노력하고 있다
고 환자분들께 이야기해드리고 싶다.
서두르지 않아도 괜찮아요. 우리는 목적
지에 잘 도착할 거에요 "

모든 사람들을 만족시킬 수는 없겠지

환자분들이 내게 감사하다는 말을 전할 때면 위안과 보람을 느끼곤 한다. 하지만 때때로 환자분들로 인해 위축이 될 때도 있다.

내가 일하고 있는 병원은 예약제로 운영되고 있는 곳이다. 때로는 예약을 한 환자분들이 진료를 오지 않는 날도 있다. 진료를 오지 않는 환자분들이 하루에 여러명인 날에는 나도 모르게 속이 상하고 스스로를 되돌아보게 된다.

오늘도 세 분이 진료를 오지 않으셨다. 이렇게 진료 중 비는 시간이 생길 때면 나는 "환자분은 왜 오지 않으셨을까?"하며 홀로 고민에 빠지곤 한다. 근래의 내 진료가 혹시 성의가 없거나, 약 처방이 무언가 잘못되지는 않았는지 돌이켜도 본다. 도움을 받으러 온 분들을 모두 만족시킬 수는 없겠지만 내가 실망을 안겨드린 것은 아닌지, 혹시나 나 때문에 앞으로 정신과 진료를 받지 않게 되는 것은 아닌지 염려가 되기도 한다.

하지만 이런 내 모습이 소심해 보일까 하는 생각

에, 내 속마음을 다른 사람들에게 잘 드러내지는 않는다. 오늘도 데스크 직원분이 내게 "XXX 환자분 불참입니다~"라고 전달해 주었을 때, 나는 쿨하게 대답했다. "넵! 알겠습니다!"라고 말이다.

사실 마음 한 편에서는 환자분이 오지 않은 이유에 대해 곰곰이 되씹어보고 있으면서 말이다. 갑자기 옛 기억이 떠오르기도 한다. 대학생 시절 소개팅을 한 상대에게 애프터 신청을 거절당해 상처를 잔뜩 받아 놓고서, 소개팅 주선자에게는 애써 아닌 척하던 내 모습이 말이다.

이런 내게 친한 친구들은 말한다. 이렇게 감정 소모하지 않아도 괜찮다고 말이다. 그리고 나를 따르고 좋아해 주는 환자분들만 생각하라고 조언을 해준다. 그러나 그게 내게는 말처럼 쉽지가 않다. 아직은 이런 일들에 쉬이 영향을 받는 것을 보면 "나는 아직 초짜 의사인가" 하는 생각과 함께, "이런 일들에 무뎌지는 순간이 올까?" 하는 생각도 꼬리에 꼬리를 물며 계속 몰려온다.

모든 사람을 만족시킬 수는 없다는 것을 알면서도 자꾸만 욕심을 내게 된다. 내가 만일 음식점을 했다면 맛없다는 리뷰에 쉽게 상처를 받아 장사하기 힘들어했을 것만 같다는 엉뚱한 상상을 하기도 한다.

이러한 일들이 내게는 조금 괴로운 경험들이지만, 반대로 나쁘기만 한 경험은 아니라는 생각도 들었다. 예를 들어, 한 환자가 약 처방에 대해 불만을 표현할 때, 나는 처방을 재검토하면서 다른 치료 방법을 고민해 보고 공부하면서 조금씩 나아지는 것을 느끼기 때문이다. 이처럼 이런 경험들은 때로는 나 자신을 되돌아보도록 하고, 더 나은 방향으로 나아갈 기회를 주기도 한다.

하지만 이런 긍정적인 점이 있다고 생각해도, 역시나 속상한 마음은 쉬이 사라지지 않는다. 이렇게 기분이 조금 꿀꿀해진 날에는, 병원 테라스에서 나는 기지개를 켜며 진료실 밖 세상을 구경한다. 지나다니는 여러 사람들을 멍하니 바라보며 잠시 마음을 가다듬는다. 마음이 차분해지고 나면, 조용히 나 스스로를 다독여도 본다. "그래, 모든 사람들을 만족시킬 수는 없겠지” 하고 말이다. 모든 분들을 만족시킬 수는 없겠지만, 내게 꾸준히 찾아오는 분들만큼은 실망시키지 않도록 항상 노력해야겠다고 다짐을 해본다.

마음 한편에는 부족한 점이 있더라도 믿고 나를 찾아오는 환자분들께 고마운 마음이 들기도 한다. 그래서일까? 내게 꾸준히 오시는 환자분들을 뵐 때면 반가운 마음도 들고, 자꾸만 챙겨주고 싶은 한국인의 정이 피어오른다.

그래, 내일 환자분이 오시면 말씀드려야겠다.

“어제 저녁부터 병원 문 앞에서 계속 기다렸는데, 왜 이제 오셨어요!”

환자분이 내게 준 편지

그동안 나는 환자분들로부터 여러 편지들을 받아 보았다. 환자분이 주신 편지들은 어떤 내용이든지 간에 내게는 매우 소중한 보물이다. 사람들은 편지를 주고받는 일을 일종의 의례처럼 여기기도 하지만, 나에게 편지란 그 이상의 의미를 가진다. 진심을 담은 글이란, 어떤 선물보다 내게 값지게 느껴지기 때문이다.

여러 편지들 중에서도 내가 힘들 때면 자주 꺼내보는 편지가 있다. 편지에는 이렇게 적혀 있다. "지난 1년간 제가 말도 안 듣고 사고도 많이 일으켜 곤란하게 만들었음에도 저를 포기하지 않고 항상 염려해 주고 진료를 봐주신 것에 감사드립니다."라고 말이다.

이 편지를 처음 받았을 때의 기억은 아직도 생생하다. 서툰 치료자였음에도 자신을 포기하지 않았다는 것만으로도 감사하다는 말을 건네준 그 한 구절이 너무나 감사했다. 사실 이 편지를 써준 환자분은 차도가 더딘 편이었다. 그동안 나는 매일 그 환자분의 상태를 걱정하며, 어떻게든 조금이라도 나아지게 하려고 노력했다. 하지만 결과는 언제나 미미했다. 그래서 환자분을 진료 본 날이면, 나 자신도 조금 괴로웠다. 환자분에게 적합한 약이나, 잘 맞는 치료법, 하다 못해 도움이 될 말 한마디도 제대로 제공해 드리지 못하고 있다는 생각이 자주 들었기 때문이다. 그럴 때마다 나 스스로에게 묻곤 했다. "정말로 내가 이 환자에게 도움이 되고 있는 걸까?"

환자분에게 적합한 약이나 방법을 찾는 일은 꽤나 어려웠다. 환자분의 상태는 복잡하고 미묘했다. 나는 여러 동료들이나 교수님들과 상의도 해보고, 전공 서적들을 뒤져가며 고민했다. '이 약이 맞을까? 이렇게 하는 게 나을까?' 때로는 나보다 더 좋은 치료자를 만났다면 더 나은 생활을 하지 않았을까 하는 죄책감이 들기도 했다.

이처럼 잘 나아지지 않는 환자분들을 지켜볼 때면, 나는 감정적으로 흔들리곤 한다. 차도가 크지 않음에도 나를 바라보는 그들의 눈빛 속에 담긴 기대와 희망을 마주할 때마다, 내 마음은 꼭 나아지도록 도와드리겠다는 의지가 듦과 동시에 마음속 한편에는 내 진료에 대한 의구심이나 죄책감이 조금씩 쌓여만 갔다.

또한 의사라는 직업은 열심히 해도 환자에게 해가 되면 나쁜 의사가 될 수도 있다는 사실은 내 안에 쌓여가는 무거운 감정들에 불을 지피곤 했다. 환자가 나아지지 않는다는 사실이, 내가 그들에게 해를 끼치고 있는 것 같은 기분이 들게 만들었다. 그래서 나는 이런 부분들 때문에 조금씩 위축되기도 하고 우울해하기도 했다.

그런데 이 편지는 그동안 내가 열심히 한 것도, 잘한 일이라는 위로를 주는 것 같았다. 짧은 말 한마디이지만, 내겐 큰 힘이 되어주고 있다. 편지를 받았던 날의 기억이 아직도 선명하다. 편지 봉투를 열고 편지지에 적힌 글씨를 읽으며 마음속 깊이 느꼈던 따뜻함. 그 모든 감정들이 마치 어제 일어난 일처럼 생생하다. 이런 편지를 받을 때마다 '그래, 나도 뭔가 해내고 있구나!' 하고 웃게 된다.

이 편지에서 힘을 얻어 하루는 이런 생각도 해보았다. "만약 내가 환자들에게 쓴 편지를 모아 책으로 출간하면 어떤 제목이 좋을까" 하고 말이다. '내 환자들에게, 사랑을 담아' 같은 진지한 제목이 떠오르기도 했지만, 몇몇 편지 내용들을 떠올리면 그럴 수가 없다. 어떤 편지에서는 '선생님 가운은 항상 꾸깃 꾸깃해요.', '머리 스타일이 선생님과 안 어울리는데 바꿔 보세요'와 같이 뜨끔하게 하는 내용들도 있기 때문이다. 아마 책 제목은 '환자와 의사의 티격태격 일지'가 더 적절할 것만 같다.

환자분들도 알까? 이렇게 치료자인 나도 환자분들로부터 위로와 치유를 받는다는 것을. 그들이 내게 보내주는 말 한마디가, 내가 힘들 때마다 다시 일어설 수 있는 힘과 웃음이 되어 준다는 것을.

환자분들의 상태가 나아지거나 내게 따뜻한 말을 건네줄 때마다, 나는 내가 의사로서의 역할을 잘 해내고 있다는 위로를 얻는다. 그리고 그 위로가 다시금 내게 힘이 되어 준다. 환자분들이 준 편지지들에 적힌 글씨는 조금씩 희미해져 가지만, 그 내용들은 여전히 내게 큰 힘이 되고 있다.

" 환자분들도 알까? 이렇게 치료자인 나도 환자분들로부터 위로와 치유를 받는다는 것을. 그들이 내게 보내주는 말 한마디가, 내가 힘들 때마다 다시 일어설 수 있는 힘과 웃음이 되어 준다는 것을 "

- 환자분이 내게 준 편지

우리는 모두 각자의 이야기를 가지고 있다

종종 환자분들은 내게 말한다. "저는 선생님에게 수많은 환자 중 한 사람일 뿐이겠지만, 제가 마음속 이야기를 털어놓을 수 있는 곳은 여기뿐이에요"라고 말이다. 이런 이야기를 들을 때면, 환자분은 그동안 얼마나 답답하고 힘들었을까 하는 생각에 마음이 아파 온다. 자신을 신경 써주는 사람이 아무도 없는 것 같고, 그 누구도 나를 이해하지 못하는 느낌이 든다는 것은 너무나도 괴로운 경험일 것이다.

정신과 교과서에서는 의사가 환자에게 느끼는 감정에 주의하라고도 하고, 치료적 중립성 등에 대해 여러 차례 강조한다. 그렇지만 함께 마음 아파하고, 하나라도 더 돕고 싶어 하는 마음이 나는 나쁘지 않다고 생각한다.

더 잘해주는 게, 꼭 나쁜가?

서로 돕고자 하는 마음속에 깃든 이 따뜻한 온기가, 때로는 힘든 일들을 겪는 우리를 앞으로 나아갈 수 있게 돕는 원동력이라고 나는 생각한다.

물론 내가 환자분의 마음을 모두 채워 줄 수 있을 것이라 생각하지는 않는다. 그럼에도 나는 여기 이곳에 당신의 이야기에 관심을 가지고, 도움을 주고 싶어 하는 사람이 있다는 것을 알려주고 싶다. 그것이 비록 작은 손길에 불과하더라도 말이다.

작은 손길이 때로는 큰 변화를 가져올 수 있다. 누군가의 이야기를 진심으로 들어주고, 그들의 고통을 이해하려는 마음 자체가 환자에게 큰 위로가 될 수 있다고 나는 믿는다. 이는 단순한 치료를 넘어선, 인간 대 인간의 교감이라 생각하기 때문이다.

이처럼 나는 내게 찾아오는 환자분을 그저 똑같은 우울증 케이스 중 하나가 아니라, 한 사람으로서 바라보고자 노력한다. 나라는 사람의 존재는 외면된 채로 의사에게 하나의 질병으로만 대해지는 일은 결국 또 환자로 하여금 공감받는다는 느낌보다는 외로움과 소외감을 다시금 느끼게 할 것이기 때문이다.

멀리서 바라보면 비슷한 하나의 우울증 케이스 같아 보일지 몰라도, 자세히 들여다보면 분명 각자가 가지고 있는 자신만의 이야기가 있다. 우리는 모두 각자의 이야기를 써 내려가고 있다. 그리고 삶이라는 여정은 서로가 써 내려간 이야기들을 서로에게 나누고 공감하는 과정이라 나는 생각한다. 바닷가에 밀려오는 파도처럼, 우리의 이야기는 끊임없이 펼쳐지며, 서로의 마음에 여러 가지 모습으로 흔적을 남긴다.

그렇기에 "저는 선생님에게 수많은 환자 중 한 사람일 뿐이겠지만, 제가 마음속 이야기를 털어놓을 수 있는 곳은 여기뿐이에요"라는 말에 사실 이렇게 이야기드리고 싶었다. 우리 모두는 각자가 가지고 있는 자신만의 이야기가 있다고 말이다. 그리고 이야기 하나하나가 내 마음속에서 모두 다른 모습으로 흔적을 남기고 있고, 이 모든 이야기가 내게는 소중하다고 말이다.

" 바닷가에 밀려오는 파도처럼, 우리의 이야기는 끊임없이 펼쳐지며, 서로의 마음에 여러 가지 모습으로 흔적을 남긴다 "

- 우리는 모두 각자의 이야기를 가지고 있다

점심 시간

야! 너두?

"제가 ADHD인 것 같아서... ADHD인지 확인 해보려고 왔습니다"라며 내 진료실에 찾아오는 분들을 뵐 때면 반가운 기분이 든다. 나도 ADHD로 치료를 받고 있기 때문일까? 마치 ADHD라는 녀석과의 전쟁터에서 함께 싸우게 될 새로운 전우를 만난 것과 같은 든든함과 함께 내적 친밀감이 급히 생긴다. 긴 타지생활 중 고향사람을 만나게 된다면 아마 이런 기분이지 않을까 싶다.

물론 반갑다고 하여 쉽게 환자분을 ADHD로 속단하지는 않는다. 나와 함께 ADHD 치료 전선에 나설 전우인지 철저한 검증 과정을 실시한다. 문제는 팔불출인 나는 환자분께 ADHD 증상에 대해 물어볼 때면 내심 설레곤 한다. 내 ADHD 경험담에 대해 환자분이 "어 맞아요! 완전 제 이야기예요!"라고 한다던지, 환자분의 경험담이 내 이야기와 똑 닮아 있을 때면 내적 친밀감이 더욱 차오르기 때문이다. 이럴 때면 배우 조정석 님의 명대사가 내 마음속에 스쳐간다. "야~! 너두?"

이런 친밀감이 때로는 나를 잔소리꾼으로 만들기

도 한다. 직접 ADHD 치료 과정을 겪으면서 약에만 의존해서는 ADHD를 크게 개선할 수 없다는 것을 알게 되었기 때문이다. 그래서 환자분이 약으로만 모든 문제를 해결하려고 할 때면, 내적 친밀감과 다르게 엄격해지는 부분이 있다.

문득 "여러분이 어떻게 하냐에 따라 본 교관은 천사가 될 수도, 악마가 될 수도 있습니다."라며 겁을 주던 어릴 적 수련회 교관샘이 생각난다. 나도 진료 시간에 넌지시 ADHD 환자분들께 말해볼까 싶다. "본 의사는 환자분이 어떻게 하냐에 따라 천사가 될 수도 있고 악마가 될 수도 있습니다"라고 말이다. 그러면 좀 더 내 진심이 잘 전달되려나?

ADHD 환자분들을 진료 보면서, 애정이 있어야 잔소리도 할 수 있다는 것을 알게 되었다.

성인 ADHD 유병률이 많게는 전체 인구의 3~5% 가까이 된다고 한다. 어딘가에 또 있을 나의 전우들에게 이야기해주고 싶다. 오늘도 "아 맞다!" 하며 깜빡하고, 실수투성이의 하루겠지만 힘을 내보자고. 그리고

혹시라도 내 진료실에서 만나게 된다면 반갑게 같은
전우로써 맞이해 드리겠다고 말이다.

To. ADHD 전우분들께

　세상의 모든 일에는 그 자체의 리듬이 있습니다. ADHD인 우리가 겪는 일상도 마찬가지입니다. 매일매일이 예상치 못한 사건들과 실수로 가득 차고, 그 사건들이 이어지는 방식은 마치 재즈의 즉흥 연주같다는 생각이 들기도 합니다.

　하루의 시작은 언제나 어수선하고, 해야 할 일들은 머릿속에서 난장판을 벌이기도 합니다. 그러나 그러한 혼란 속에서도 기묘한 아름다움이 피어나는 순간들이 있습니다. 그 혼돈 속에서 나오는 창의성과 독창성은 어떤 이에게는 평범한 일상에서는 찾을 수 없는 보물 같은 것일지도 모릅니다.

　어떤 날은 자신이 마치 세상과 엇박자를 내고 있는 듯한 기분이 들 수도 있습니다. 하지만 기억하세요, 우리가 가진 이 독특한 리듬은 우리만의 특별한 춤을 추게 만듭니다. 우리의 발걸음이 다르다고 해서 그걸 부끄러워할 필요는 없습니다. 오히려 그 다름 속에서 새로운 길을 찾고, 새로운 방법으로 세상을 경험할 수 있는 힘이 생기는 것입니다.

　당신의 매일이 어렵고, 때로는 너무 많은 것들이 한꺼번에 밀려와 압도당할 때도 있을 것입니다. 그럴 때마다 잠시 멈춰서 숨을 고르고, 우리가 가진 강점을 떠올려 보세요. 우리의 뇌는 창의성과 문제 해결 능력으로 가득 차 있습니다. 우리는 단지 다른 방식으로 그것들을 끄집어내는 법을 배우는 중일뿐입니다. 그 속에서 피어나는 여러 사건 사고들은 우리의 삶을 더 특별하게, 더욱 빛나게 할 것입니다.

From. ADHD 동지

바선생님 저한테 왜 그러세요?

그동안 정신과 의사로 근무하며 여러 일들을 겪어 보았다. 환자분의 태권도 발차기에 맞아 이마가 찢어져 보기도 하는 등 나름 정말 산전수전 다 겪었지만 오늘만큼 긴장한 날은 처음이었다. 이것은 오늘 점심식사 전 마지막 진료시간에 일어난 일이다.

환자분은 벌레와 오염을 극도로 무서워하시는 분으로, 청결에 대한 강박이 있는 분이었다. 때마침 우리가 벌레에 대해 열띠게 이야기를 하고 있는 그때였다. 진료실 창문 틈 사이로 바선생님(일명 바퀴벌레라고 한다)께서 들어오셨다. 내가 잘 못 본건 아닌지 눈을 비비고 다시 보아도 바선생님이 맞았다. 타이밍도 기가 막힌다. 바선생님은 귀신같이 벌레를 극도로 무서워하는 환자분의 진료 시간에 맞춰 내 외래를 방문해 주신 것이다.

바선생님은 환자분 의자 밑으로 서서히 다가가고 있었고 나는 눈앞이 깜깜해졌다. 바선생님은 마치 "안녕? 네가 나를 무서워한다고 들었어! 이번에 노출 치료를 진행해서 함께 극복해 나가 보자!"라고 하는 것만 같았다.

당황하여 말이 끊긴 나를 환자분은 어리둥절한 표정으로 바라보고 있었다. 식은땀이 흐르고 심장소리가 귓가에 울렸다. 발을 진료실 책상 밑으로 조용히 뻗어 반대로 가라며 바선생님을 향해 꼼지락 거려 보았지만 이미 녀석은 나와 환자분 사이로 다가오면서 시야에서 사라진 지 오래.

"저것을 말 안 하고 있다가 갑자기 보게 되시면 엄청 놀랄 텐데… 말씀을 드려야 하나?"라는 생각부터 "한 번 저걸 보면 진료 보러 다시는 안 오실 텐데… 어쩌지?" 하는 생각까지 정말 43847569가지 경우의 수를 모조리 생각해 보았다.

나는 바선생님을 무서워하지 않지만, 환자분은 다르다. 오랜 고민 끝에 정신과 진료를 보기 시작한 분이기에, 바선생님을 보게 되면 다시는 정신과 진료를, 다른 병원에서조차 받지 않으실 것 같다는 불길한 생각이 들었다. 결국 나는 환자분이 바선생님의 존재를 알아서는 안된다는 결론을 내렸다. 때마침 점심시간이 지난 상태이기도 해서 급히 진료를 마무리하며 환자분을 밖으로 에스코트하였다.

환자분이 나간 뒤, 조용히 나는 다른 직원 분을 불러 꼭꼭 숨은 바선생님 수색했다. 바선생님을 발견한 우리는 조용히 바선생님을 하늘나라로 모셔드렸다. 혹시나 바선생님은 내 치료를 도우려고 오신 것일지도 모르는데, 바선생님 말도 좀 들어보았어야 하나? 하는 생각이 들면서 마음이 무거웠지만… 내가 계산한 43847569가지 경우의 수에서 바선생님이 도움이 되는 경우의 수는 없었기에 어쩔 수 없었다.

글을 쓰는 지금도 혹시나 환자분이 바선생님을 보셨으면 어찌 되었을지 가슴이 두근거린다.

바선생님… 저한테 왜 그러셨어요… 부디 그곳에서는 평안하시길…

어린이가 되고 싶은 어른

오뉴월엔 개도 감기에 걸리지 않는다는데, 이런 계절에 나는 감기에 걸리고 말았다. 하루 종일 감기 기운에 시달리다가 자기 전 테라플루를 하나 먹었다. 감기약 특유의 씁쓸한 맛이 싫어서 늘 피하고 싶지만, 달달한 테라플루는 감기 몸살에 최고의 선택이다. 어느새 30대 어른이 되어버린 나지만, 여전히 입에 쓴 약은 먹기가 싫다.

테라플루는 레몬맛과 베리맛이 있다. 두 제품 모두 꽤나 먹을 만하지만, 더 맛있게 먹고 싶은 마음이 내 안에서 피어났다. 결국 나는 테라플루 위에 달달한 아이스티를 섞어서 먹었다. 참으로 달달했다. 마치 카페에서 아이스티를 주문해 먹는 기분이었다. 평소 테라플루를 먹을 때 느껴지는 미묘한 약 맛이 전혀 느껴지지 않아 좋았다. 몸이 아픈 것도 서러운데, 이런 내게 쓴 것을 먹으라니 정말 부당한 처우가 아닐 수 없다.

옛말에 몸에 좋은 것은 쓰다고 하는데, 이러고 있는 나 자신을 돌이켜보면 아마 나는 몸에 좋은 것을 먹지 못할 팔자인가 싶다. 환자분들이 어떤 정신과 약은 소다 맛이 난다고 했던 게 생각났다. 또 어떤 약은 쇠맛이 난다고도 이야기했다. 왜 먹기 좋은, 맛있는 약은 없을까? 어른이 되어서도 아이처럼 약을 먹기 힘들어하는 사람이 나 하나는 아닐 텐데 말이다.

호기심에 이것저것 검색해 보았다. 시럽 제형의 약에 오렌지 향 같은 것을 첨가해도 아기들은 약인 것을 귀신같이 알아차리고 뱉는다고 한다. 그렇다면 테라플루에서 약 맛을 감지하는 내 입맛도 아기 입맛일까? 생각해 보니 햄버거와 피자를 좋아하는 나는 친구들에게 아기 입맛이라 자주 놀림받았다. 그럴 때마다 나는 극구 부인했지만, 이제는 아기 입맛임을 인정해야겠다.

계속 검색하다 보니 항생제와 같은 약들은 의도적으로 맛이 나쁘게 만들어져 있다는 말도 있었다. 이렇게 하면 잘못된 소비를 방지하고, 약을 오용하는 것을 막을 수 있기 때문이라고 한다. 맛있는 약이 나오지 않는 데는 다 이유가 있었다. 내가 맛있는 약을 개발해 대박을 내려고 했는데... 아쉽다. 내가 생각한 그 맛있는 약은 결국 상상 속에서만 존재하게 되었다.

어린이들은 약을 먹고 나면 달달한 사탕도 받고 칭찬도 받는다. 참 부럽다. 나는 맛없는 약을 씩씩하게 먹어도 아무도 칭찬해 주지도, 사탕을 주지도 않는데 말이다. 어른이 되면서 그런 작은 보상을 받을 기회가 점점 줄어드는 것이 아쉽다. 나이 들어간다는 것은 칭찬받을 일이 점점 없어지는 것일까? 누군가에게 칭찬을 듣고 싶은 나는 어쩌면 어린이가 되고 싶은 것일지도 모르겠다.

어른이 되어가면서 우리는 많은 변화들을 마주하게 된다. 그중 하나는 스스로에게 더욱 엄격해진다는 것이다. 칭찬을 받기 위해 어릴 때처럼 열심히 애쓰지 않게 되고, 때로는 스스로의 성취를 당연하게 여긴다. 하지만 감기에 걸려 약을 먹으며 다시금 떠오르는 것은, 우리는 여전히 칭찬과 다독임이 필요하다는 사실이다. 하루하루 바쁘게 살아가다 보면 이런 생각들은 잊혀지고는 하는데, 약을 먹으며 떠오른 이런 작은 생각들은 요 근래의 내 모습이 너무 팍팍하지는 않았는지 다시금 되돌아보게 하였다.

그래, 어른도 어린이와 다르지 않다. 우리 어른들

도 여전히 칭찬과 따뜻한 격려가 필요한 존재들이다.

아! 그래서 말인데요... 요즘 저는 플로깅도 열심히 하고 야채도 열심히 먹고 운동도 열심히 하고 봉사활동도 열심히 하고 있습니다만... 혹시 이런 저를 칭찬해 줄 분 어디 없나요? 연락을 애타게 기다려 봅니다...

" 그래, 어른도 어린이와 다르지 않다.
우리 어른들도 여전히 칭찬과 따뜻한
격려가 필요한 존재들이다 "

- 어린이가 되고 싶은 어른

유치한 삶은 살고 싶지 않아

어린 시절의 나는 냉소적인 태도를 가진 형들이나 사람들을 멋있게 여겼다. 그들의 태도는 어린 내게 지적이면서도 성숙해 보였다. 마치 산전수전을 겪고 깨달음을 얻은 어른 같았다고 할까? 그래서 나도 그런 태도를 배우려고 노력하고, 긍정적이고 희망을 품은 사람들은 어리숙한 사람처럼만 느껴졌다.

시간이 흐를수록 나는 세상에 대해 내가 알고 있는 것들이 많아졌다고 착각했다. 그러면서 내 안에는 내가 멋지다고 생각했던 냉소적인 태도가 무럭무럭 자라났다. 다른 사람이 순수한 마음으로 희망에 대해 얘기하거나 꿈에 도전할 때, 나는 응원보다는 비판이 앞섰다. 성실한 삶, 꿈과 열정, 올바른 가치, 도전과 같은 것들은 아직 세상물정 모르는 사람들이 꿈꾸는 것이라고 생각하며 유치하다고 여겼다. 어쩌면 냉소적이라기보다는 비관적인 태도였던 것 같기도 하다. 어리석게도 나는 이런 방식의 삶이 어른스러운 것이라 생각했다.

그러나 시간이 흐르면서, 나는 냉소적인 사람들은 아무것도 하지 않은 채 점점 냉소적인 말들만 뱉으며 어두운 동굴 속으로 깊이 들어가고 있음을 알게 되었다. 냉소적인 태도를 보였던 주변 친구들은 여전히 세상을 향해 차가운 말들을 뱉을 뿐, 무언가를 위해 노력하거나 도전하는 모습은 볼 수 없었다.

반대로 내가 냉소적인 사람들과 함께 비웃던 긍정적이고 나아가고자 하는 사람들의 삶은 달랐다. 냉소적인 태도의 삶과는 다르게 그들은 수많은 노력을 하며, 수많은 고난을 겪고 견뎌내고 있다는 것을 알게 되었다. 꿈과 열정, 도전, 따뜻함과 같은 태도는 유치해 보였지만, 그것을 지키며 사는 삶은 누구보다 치열하였던 것이다. 그들의 삶은 결코 냉소적인 사람들이 생각하는 것처럼 유치하지 않았다.

오늘도 한 친구는 내게 "왜 매일 작은 선행 실천하기와 같은 것을 하니?"라고 물어보았다. 정말 유치하다고, 그런다고 세상이 달라지지 않는다는 말과 함께 말이다. 어떤 친구는 내가 환자들을 위해 블로그 글을 쓰는 것을 비웃으며, 여기에 의사 작가 납셨다며 비꼬기도 했다.

예전의 나였다면, '그래, 이런 게 다 무슨 의미가 있겠어'하며 냉소적인 태도로 이러한 활동들을 바로 내려놨을 것이다. 그것이 쓸데없이 힘 빼지 않고, 멋지고 현명한 결정이라고 되새기며 말이다.

그러나 지금의 나는 내 삶이 어떻게 보이든 상관없이 냉소적으로 살지 않겠다고 다짐했다. 다른 사람의 평가에 흔들리지 않고 내가 원하는 것을 꾸준히 좇으며 살겠다고 스스로에게 약속했다. 더 이상 냉소적인 사람들과 함께 어울리며 다른 사람들을 비웃거나 따지고 싶지 않다. 내가 진정으로 원하는 것은 다른 사람들과 함께 희망을 나누고, 작은 실천을 통해 세상을 조금씩 바꾸어 나가는 것이기 때문이다. 이처럼 내가 바라는 것은 거창한 것들이 아니다. 이제는 더 이상 진짜 유치한 삶을 살고 싶지 않다.

오히려 세상을 순수한 눈으로 바라보고, 작은 것에도 감동하고, 사람들과 함께 희망을 나누는 삶을 살고 싶다. 그리고 이렇게 사는 삶이 더 어려운 삶이라는 것을 이제야 나는 깨달았다.

어쩌면 철 없이만 보였던 동화 속 피터팬은 그 누구보다 고생하고 있는 사람일지도 모르겠다.

일과 삶의 균형

내가 정말 아끼는 친구 녀석이 있는데, 최근에 엄청난 일을 겪게 되었다. 뭐 엄청나다고 해서 로또에 당첨되거나 외계인과 만난 것은 아니고, 좀 힘든 일을 겪고 된 것이었다. 힘들어하는 친구에게 나는 힘이 되고 싶어서 자주 연락을 하고 대화를 나누곤 했다.

그런데 대화 도중에 자꾸만 이상한 일이 벌어졌다. 친구랑 그냥 평범하게 위로를 건네는 이야기를 나누는 중인데도, 나는 자꾸 내가 정신과 의사라는 사실을 의식하게 되는 것이었다. '내가 정신과 의사인데, 친구에게 정신과 의사답게 말해줘야 하는 건 아닐까?' 이런 생각이 계속 머릿속을 맴돌았다. 그래서 편히 하려던 말들을 속으로 삼키기도 했다. 행여나 친구가 속으로 "이 녀석… 정신과 의사면서 별로 도움이 안 되네" 라고 생각하지는 않을까하는 걱정이 들기도 했다.

사실 나는 그냥 친구로서 같이 공감해 주고, 친구를 힘들게 한 상대를 나도 시원하게 욕해주고 싶었다. 때로는 '그래, 그 인간 정말 나쁘다!'라고 맞장구를 쳐주고 싶은데, 자꾸만 정신과 의사다운 답변을 내놓으려고 애쓰는 나 자신이 느껴져서 괴로웠다. 이건 모든 정신과 의사가 겪는 고민일까? 아니면 일과 삶을 잘 분리하지 못하는 내 문제일까? 그것도 아니라면 혹시... 내가 너무 주변 사람들의 평가를 의식하는 걸까?

계속 생각할수록 씁쓸한 기분만 내게 밀려들었다. 결국 나는 멕시코에서 건너온 내 반쪽 친구, 치와와 군과 대화를 나누었다. 이럴때면 나는 우리 집 쿨가이 치와와군과 대화를 시도한다. 곧 치와와군은 열심히 걱정을 토로하는 내게 으르렁 거리며 "별것도 아닌데 귀찮게 하지 마!"라고 하듯이 짖어댄다. 이런 모습을 보고 나면, 서운하기도 하지만 내 안에 있는 걱정들은 모두 쓸 때 없는 것 같이 느껴지면서 모두 저 멀리 날아가는 기분이 든다.

환자들의 이야기를 들으며 나는 그들의 고통을 함께 느끼고, 그들을 돕기 위해 최선을 다한다. 하지만 이처럼 정작 나 자신은 어떻게 돌봐야 할지 막막할 때가 있다. 중이 제 머리를 못 깎는다던데, 딱 내 모습 같기도 하다. 이쯤 되면 내 머리를 깎아줄 누군가가 필요할지도 모르겠다. 아니면 그냥 완전히 대머리가 되는 것도 나쁘지 않을까? 하는 엉뚱한 생각이 들었다.

하지만 그것은 또 다른 고민의 시작을 만들 테니 좋은
선택지는 아닐듯싶다.

나의 주치의, 치와와 선생님

이정도면 충분합니다

전공서적을 읽으면 잠이 쏟아지는 병에 걸린 나는, 평소에는 에세이 책을 주로 즐겨 읽는다. 그렇지만 오늘은 오랜만에 전공 서적들을 각 잡고 읽어 보았다. 가끔은 그런 날이 있다. 갑자기 이유 없이 뭔가 성실해지고 싶은 날 말이다. 그렇게 열심히 전공 서적을 읽던 중, 원래는 잠이 쏟아졌어야 하는 내가 책 내용에 그만 울컥해 버리는 엉뚱한 일이 벌어졌다.

전공 서적에서는 '충분히 좋은 엄마(good enough mother)'라는 개념에 대해 설명하고 있었다. 이는 어머니가 자녀를 키우는 과정에서 "어머니라는 존재는 아이에게 완벽하지 않아도 괜찮다"라는 내용이다. 정확하게는 어머니가 자식을 양육하는 데 완벽할 필요가 없다는 것이다. 자녀들은 어머니의 실수나 부족함을 보이는 모습과 상호작용하는 과정에서 타협하는 방법이나, 부족한 것을 받아들이는 능력을 배우게 된다고 한다. 즉, 오히려 완벽하지 않은 어머니 아래에서 자녀들이 좀 더 성숙한 사람으로 성장할 수 있다는 것이다.

이 개념은 부모가 완벽하지 않아도 충분히 좋은 부

모가 될 수 있다는 점을 강조하며, 부모가 완벽한 부모가 되려고 하는 압박에서 벗어나게 도와주기도 한다.

평소에 나는 부족한 점이 많은 것 같다는 생각을 자주 하는 편이다. 그래서 때로는 환자분들이 나보다 더 나은 치료자를 만나면 더 나은 생활을 보낼지도 모른다는 생각에 괴로워하기도 했다. 이렇게 다소 스스로에게 엄격한 나에게 전공서적은 "아니야, 완벽하지 않아도 괜찮아"라며 이야기 주는 것 같아 위로를 받았다. 평소 무겁게만 느껴졌던 전공 서적이라서 그런 것일까? 한편으로는 항상 내게 엄격하기만 했던 교수님이 내게 고생했다고 말해주는 것 같기도 했다.

어쩌면 저자가 '충분히 좋은(good enough)'이란 말을 강조한 것은, 무거운 책임감을 느끼는 부모들이 좀 더 행복한 마음으로 양육하길 바란 것은 아닐까라는 상상도 해보았다. 분명 아이들도 행복한 부모의 양육 아래에서 좀 더 행복할 것이다. 그렇다면 괴로워하는 치료자보다는 행복한 치료자가 환자에게도 더 이롭지 않을까 하는 생각도 이어지면서, 나 자신도 좀 더 건강한 사고방식과 즐거운 생활을 하도록 노력해야겠다는 마음이 들었다.

오늘도 진료실에서 환자분들을 만났다. 그들은 각자의 고통과 고민을 안고 내게 찾아왔다. 나는 그들에게 완벽한 해결책을 제시할 수 없었지만, 그들의 이야기에 귀를 기울이고 공감하였다. 저녁이 되어 집에 돌아와서는 간단한 저녁 식사를 준비했다. 요리 솜씨가 뛰어나지 않아도, 정성을 담아 스스로 준비한 식사가 나에게는 충분히 만족스러웠다. 식사를 마친 후에는 책을 읽으며 하루를 마무리했다.

오늘 하루를 돌아보며 생각했다. 평소였으면 왠지 완벽하지 않았다며 자책했을 수도 있지만 오늘은 그러지 않았다. 완벽하지 않았지만, 충분히 괜찮았다고 스스로에게 말해 주었다. 어쩌면 우리가 바라는 완벽한 삶은 존재하지 않을지도 모른다. 대신, 우리는 매 순간 충분히 좋은 삶을 살아갈 수 있다. 'good enough'라는 말은 나에게 큰 위로가 되었고, 앞으로도 그 의미를 되새기며 살아가고 싶다.

"완벽하지 않아도 괜찮아. 오늘도, 내일도, 나는 그저 충분히 괜찮은 나 자신으로 살아가면 되는 거야"라고 내게 말해본다.

" 오늘 하루를 돌아보며 생각했다. 평소였으면 왠지 완벽하지 않았다며 자책했을 수도 있지만 오늘은 그러지 않았다. 완벽하지 않았지만, 충분히 괜찮았다고 스스로에게 말해 주었다. 어쩌면 우리가 바라는 완벽한 삶은 존재하지 않을지도 모른다. 대신, 우리는 매 순간 충분히 좋은 삶을 살아갈 수 있다 "

- 이정도면 충분합니다

의사와 환자 사이에서

하루 일과 중 쇼츠 둘러보기는 빼놓을 수 없는 나의 소중한 일상이자 고치고 싶은 취미생활이다. 열심히 영상들을 둘러보다 보면 요즘엔 부쩍 "ADHD인 사람 특징"이나 "ADHD 의심해봐야 하는 경우"와 같은 주제의 영상들이 자주 보인다. 친구들도 쇼츠에 나오는 영상들이 나와 비슷한가 보다. 친구들은 나에게 ADHD 관련 영상 링크를 보내면서 "완전 영상 속 내용들이 나랑 똑같은데, 나도 ADHD야?"라고 물어보곤 한다.

정신과 의사이면서 동시에 ADHD 환자인 나는 그런 영상들을 볼 때마다 "와, 진짜 누가 나 염탐하나? 완전 내 모습인데? 정말 나 ADHD가 맞긴 하는구나!" 하며 웃곤 한다.

지금은 이렇게 ADHD 영상을 보며 웃기도 하지만, 사실 ADHD 치료를 받기까지 정말 오랜 기간 스스로 고민했다. 게으른 나를 합리화하기 위해서 스스로를 ADHD라고 진단하며 도망치려는 건 아닌지, 눈앞에 쌓여 있는 일들로부터 도피하기 위해 ADHD 진료를 받으려는 건 아닌지 여러모로 의구심이 들어 괴로웠다. 주변 지인들은 "나도 ADHD야?" 하면서 자주 물어보기도 하니, 응당 사람들은 이렇게 살고 있는 것 같은데 나만 예민하게 생각하는 것은 아닌가? 하는 마음이 들기도 했다.

생각해 보면 ADHD와 관련된 문제는 오래전부터 있어왔다. 준비물을 자주 챙겨가지 못해서 선생님께 자주 혼났고, 부모님은 내가 너무 물건을 자주 잃어버려서 심부름을 잘 시키지 않으셨다. 시험문제를 풀 때는 틀린 것을 고르라고 하면 맞는 것을 고르는 것이 일상이었기에, 나중에는 이런 실수가 있어도 당연한 것처럼 생각하고 아쉬워하지 않았다. 그럼에도 나는 그냥 조금 쾌활하고 실수가 잦은 장난꾸러기 정도가 아닐까라고 생각하며 지내왔다.

하지만 성인이 되어서는 이런 실수들은 신뢰의 문제로 이어지기도 하고, 생활에 불편함이 점점 생겨났기 때문에 용기를 내어 ADHD를 전문으로 진료를 보시는 정신과 교수님의 진료를 보았다. 낙천적이기도 했고 그동안 털털할 척하며 외면해 왔던 내 문제들에 대해 처음으로 직면하게 된 것이다. 그 결과 나는

ADHD 진단과 함께 약을 복용하게 되었다.

막상 진단을 받고 약을 먹고자 하니 마음이 불편했다. 환자들에게는 정신과 진료의 낙인효과라던지 약물의 부작용 등을 너무 염려하지 말라며 수없이 설득해 놓고는, 정작 나는 치료를 앞두고 불안감을 느끼고 있었다. "내가 이런 문제가 있는 사람인 것을 혹시라도 들키게 되어 소문이라도 나면, 환자분들이 나에게 진료를 안 받으려고 하지 않을까?" "약이 안 맞아서 부작용이 심하면 어쩌지?" 같은 생각들은 나를 두렵게 만들었다.

환자들에게는 아무렇지 않게 치료를 받으라며 설득해 놓고, 정작 그러한 순간들이 내게 닥쳤을 때 나는 어떠했는가? 내게 내려진 진단과 치료를 회피하려는 모습을 보인 것에 대해 스스로 부끄러움을 느꼈다. 그래서 비록 나를 거쳐간 모든 환자분들이 이 글을 읽기는 어렵겠지만, 나를 거쳐간 환자분들께 사과를 드리고 싶은 마음을 함께 담아 글을 쓰고 있다.

이 외에도 ADHD 치료를 받으면서 여러 가지를

느끼게 되었다. 나는 평소에 약에 민감해서 부작용을 자주 겪고는 했다. ADHD 약도 예외는 아니었다. ADHD 약을 조정하는 과정에서 나는 두근거림, 식욕 저하 등의 부작용을 겪게 되었다. 입맛이 너무 없어서 하루에 밥 한 끼도 먹기 힘들 때도 있었다. 가끔은 정신과 약에 대한 지식이 많은 내가 혼자 상상으로 만들어낸 부작용인지, 정말 약 때문에 불편한 것인지 혼란스럽기도 했다.

환자들이 약 부작용을 호소하면 원래 정신과 약은 부작용이 있을 수 도 있으니 참고 복용 해보라고 말씀 드리는 경우도 종종 있었는데, 부작용이 이렇게 힘든 것인지 직접 체험해 보고 나서야 알게 되었다. 정확한 전공지식이 없는 상태에서 이런 부작용을 겪었다면 아마 나는 약을 다시는 절대로 먹지 않았을 것 같았다.

이렇게 나는 부작용을 조절하는 일이 얼마나 중요한지 다시 한번 깨닫게 되기도 했고, 부작용이 있어도 나를 믿고 부작용으로 인한 약물조정 과정을 견뎌준 환자분들에게 고마운 마음도 들었다. "자신이 아파본 의사만이 진짜 의사가 될 수 있다"라는 말은 그냥 나온 말이 아니었다.

때로는 꾸준히 약을 복용하면서도, 치료 효과에 대해서 의심을 하기도 했다. 처음에는 플라시보 아니야? 하는 생각이 들기도 했는데, 환자분들이 지금 이게 약 효과 때문에 좋아진 것인지 잘 모르겠어요라고 이야기 하던 모습들이 떠오르기도 했다. 그러나 일이 많이 쌓여 부지런해져야 하는 순간에는 일을 미룬다든지, 실수를 한다든지 같은 문제들이 꽤나 개선된 것을 보며 치료로 인한 변화를 체감하였다.

하지만 이렇게 나아져 가는 과정에서 내 정체성에 대한 의구심이 들기도 했다. 뭐가 내 진짜 모습이지? 원래 나는 어떤 사람인거지? 병과 나를 구분하기가 어려웠다. 나는 게으른 사람이 아니었나? 뭐가 핑계이고 뭐가 진짜인지 혼란스러웠다. 돌이켜보니 이러한 고민은 정신과 치료를 받는 분들이 치료 과정에서 많이 가지고 있는 고민이기도 했다.

나는 지금 치료자로서 환자분들을 돕는 역할을 하

면서도, 나 자신도 그들과 함께 걸어가는 동행자이기도 하다. 그리고 진료실에 마주하는 모든 분들이 함께 걸어가고 있는 동행자이기도 하기에, 때로는 내가 환자분들에게 위로를 느끼고 배움을 얻고 있다는 사실을 알게 되었다.

오후 진료

거창하지 않아도 괜찮아

하루는 책을 읽다가 우연히 테레사 수녀의 인터뷰 내용을 접하게 되었다. 기자가 그녀에게 어떻게 전인류애적인 활동을 할 수 있었는지 묻자, 테레사 수녀는 "내가 한 일은 특별한 능력이나 방법이 필요로 한 것이 아니라, 도움이 필요한 사람들을 한 번에 한 명씩 돕는 것이었습니다"라고 답했다. 이 짧은 한 마디는 내 마음 깊숙이 스며들었다.

그동안 나는 다양한 봉사활동에 참여해 왔지만, 큰 도움을 주지 못했다는 생각에 늘 실망했다. 결국 거창한 무언가를 찾는 마음에 해외 봉사까지 알아보게 되었다. 당시 네팔에서는 큰 규모의 지진이 발생하여 여러 해외 단체에서 구호활동을 위한 봉사자들을 구하고 있었다. 그리고 거창한 무언가를 찾던 나는, 그렇게 네팔로 구호 활동을 떠나게 되었다.

그곳에서 나는 무너진 학교 건물을 보수하거나 아동보호시설에서 아이들과 시간을 보내는 등 다양한 일을 했다. 하루는 지진 피해자들을 돕고 싶은 마음에 자원봉사자들끼리 돈을 모아 그들에게 전달했지만, 그들은 한사코 거절했다. 그분들은 "마음은 감사하지만, 돈은 필요 이상입니다. 우리는 당신들이 시간을 함께 보내주고 슬퍼해주는 것만으로도 충분히 고마워요"라고 말했다.

다음날에는 HIV에 감염된 아동들의 보호시설에서 아이들과 시간을 보냈다. 아이들과 봉사자들은 함께 팔에 헤나를 그리며 시간을 보냈고, 아이들은 행복해했다. 샨티라는 이름의 한 아이는 내 이름을 적어 소중히 간직하는 모습을 보였다. 즐거워하는 아이들을 보며 나는 깨달았다. 꼭 병을 치료하거나 거창한 일을 하지 않아도 충분히 의미 있는 시간을 보낼 수 있다는 것을 말이다.

그날 밤, 숙소로 돌아온 나는 과거의 나를 되돌아보았다. 중요한 것은 잊은 채 항상 거창하고 특별한 것을 꿈꾸던 내 모습을 발견했다. 네팔에서 만난 사람들과 테레사 수녀를 통해, 내가 생각하는 일들은, 어쩌면 세상을 살아가는 그 모든 과정들은 거창하거나 화려하지 않아도 괜찮다는 생각을 가지게 되었다. 그 후로는 거창하지 않더라도, 작은 활동 하나하나가 소중히 느껴졌다.

생각해 보면 나는 항상 거창한 것을 추구했던 것 같다. 무언가를 하더라도 행위 자체의 의미를 잊고 거창한 것을 바랐다. 사람 관계도 비슷했다. 여자친구에게는 명품 선물이 아니더라도, 하루 일과를 오순도순 이야기 나누고 손을 잡고 산책하는 것으로도 좋은 시간을 보낼 수 있다. 어머니에게는 큰 금액의 용돈이 아니더라도, 평소의 안부 전화 한 통화, 간단히 함께 하는 점심식사만으로도 어머니는 좋아하셨을 것이다. 하지만 나는 거창함에 매료되어 작지만 소중한 일들을 미뤄둔 채 괴로움 속에 살고 있었다.

네팔에서의 경험을 통해, 나는 거창하지 않더라도 진심으로 다가가는 작은 실천들이 중요하다는 것을 깨달았다. 내가 보수했던 학교 건물에서 아이들이 공부하며 웃는 모습을 보았을 때, 내가 한 작은 일들도 다 소중한 의미가 있음을 느끼게 되었다. 보호시설 아동들과 함께 보낸 시간을 통해서도, 그들의 삶에 작은 기쁨을 줄 수 있었다는 사실만으로 큰 보람을 느꼈다.

환자를 진료할 때에도 특별한 치료 방법이나 명성보다는, 한 번 더 관심을 가지고 한마디 더 들어주는

것이 중요하다는 생각이 들었다. 그렇게 그 작은 정성
들이 쌓여서 무언가가 이루어지는 것이 곧 치료과정
이 아닐까 하는 생각과 말이다.

　"거창하지 않아도 괜찮아"

　나는 매일 내게 이렇게 이야기하고 있다. 중요한
것은 거창함이 아니라 진심이며, 작은 실천들이다.

" 내가 생각하는 일들은, 어쩌면 세상을 살아가는 그 모든 과정들은 거창하거나 화려하지 않아도 괜찮다 "

- 거창하지 않아도 괜찮아

자신을 위로하는 연습

어느덧 또다시 3월이 찾아왔다. 추운 날씨는 조금씩 수그러들고, 봄이 찾아온 것이다. 새로운 시작과 희망의 계절이 다가왔다. 세상은 점점 따뜻해지는데, 내 환자 Y의 마음은 여전히 얼어붙어 있다. Y와의 면담을 통해 많은 것을 느끼고 있다. 그중 하나는, 사람들은 자신을 돌보고 지키는 것에 생각보다 매우 서툴다는 것이다.

Y뿐만 아니라, 많은 환자들이 이야기한다. 부모님의 외도, 배우자의 사망, 믿었던 사람의 배신, 학교 폭력… 이렇게나 힘든 일들을 환자들이 직접 겪었다는 사실에 나는 가슴 아팠다. 그런데 이상하게도, 이런 일들을 겪은 사람들은 자기 잘못이 아님에도 불구하고 자신을 탓하거나 비난하는 경우가 많았다. 그렇게 힘든 일을 겪으면서도 자신을 위로하고 가엾이 여기기보다는 말이다.

Y의 아버지는 오랜 기간 알코올 중독에 시달리셨고, Y는 그런 환경에서 자라며 가정 폭력에 시달려야했다. Y의 아버지는 항상 자기 연민에 빠져 있었고, 자신이 얼마나 힘든 삶을 살아왔는지에 대해서만 Y에게

이야기했다. Y는 내게 말했다. "아버지는 엄마가 저를 임신해서 어쩔수 없이 결혼하게 되었다며 저를 원망하세요. 제가 태어난 이후로 자신의 인생이 꼬였다고 화내면서 저를 탓하세요. 어쩌면 저는 태어나지 말았어야 했나 봐요."

왜 잘못한 사람들은 자기 연민과 변명에 능숙한데, 상처받은 사람들은 그렇지 못하고 오히려 자신을 탓할까?

Y와 이야기할 때면, Y는 자신을 돌보는 것이 서툰 것 같아 안타까웠다. 봄을 알리는 꽃들은 이곳저곳 피어나고 사람들은 다시금 활력을 찾아가고 있지만, Y의 마음은 끝없이 얼어붙은 겨울에 갇혀 있는 것만 같았다. 사실 Y는 내게 아픈 손가락 같은 환자분이기도 했다. Y는 왜 자신을 그렇게 비난하며, 돌보지 않는 걸까? 어쩌면 Y는 지금껏 누군가로부터 진정한 위로와 사랑을 받아본 적이 없기 때문일지도 모른다는 생각이 스쳐갔다.

하루는 Y에게 작은 선물을 준비해 주기로 마음먹

었다. Y에게 도움이 될 책 한 권과 메시지를 담은 카드를 준비했다. 이 작은 선물이 Y에게 작은 위로가 되길 바라는 조그마한 바람이었다. 그리고 Y가 자신은 소중한 사람이고 그런 자신을 조금은 돌보는 방법을 알게 되기를 바라는 마음도 함께 담아 보냈다.

Y뿐만 아니라, 우리 모두가 스스로를 위로하고 돌보는 법을 배워야 한다고 나는 생각한다. 이것이 쉽지 않다는 것을 잘 알고 있다. 하지만 어렵고 어색하더라도 조금씩, 천천히 시도해야 한다. 그렇게 해야만 우리는 상처로부터 조금씩 회복하고, 자신을 사랑하는 법을 배울 수 있을 테니까 말이다.

세상이 점점 따뜻해지고, 봄꽃들이 만개하는 이 계절에, 나도 Y도, 우리 모두가 자신을 더 사랑하고, 아껴주는 법을 배워가길 소망해 본다. 이렇게 한 걸음 한 걸음 나아가다 보면, 우리 마음속에도 따뜻한 봄날이 찾아올 것이라고 나는 믿는다.

꿈 수집가

정신과 의사라는 직업은 다양한 매력을 가지고 있다. 그중 하나는 바로 정신과 의사는 꿈 수집가라는 것이다.

정신과에서 꿈이란 환자의 무의식이나 내면을 비춰주는 도구로 여겨지기 때문에 중요한 소재로 다루어진다. 나의 어머니는 사주나 타로, 해몽 같은 것을 좋아하셔서 이런 이야기들을 어린 시절부터 지금까지 내게 종종 들려주곤 했다. 그래서일까? 어렸을 때부터 해몽 등의 이야기를 자주 접해왔던 나는 정신과를 전공하면서 꿈이 알려주는 이야기에도 관심을 많이 가지게 되었다.

꿈에 관심이 많은 나는 두 평 남짓한 작은 진료실 안에서 때때로 환자들의 꿈을 통해 무의식을 여행하며 그들의 깊은 내면을 들여다 보고는 한다. 환자들은 자신의 꿈을 통해 과거의 기억, 현재의 갈등, 미래의 불안과 같은 것들을 표현한다. 나는 그 조각들을 맞추며 하나의 큰 그림을 그리는 셈이다. 그래서 나는 정신과 의사라는 직업은 어쩌면 끝없는 꿈의 조각들을 모으는 과정일지도 모른다고 생각한다. 이런 생각에 빠져들다 보면 내가 하고 있는 일은 마치 꿈수집가와 같다는 느낌을 받기도 한다.

인상 깊었던 꿈들은 종종 기록을 해두고 있다. 동전 수집, 카드 수집 등 여러 수집들이 있지만, 나는 여러 사람들의 꿈을 모으고 있는 것이다. 꿈 수집가라니, 정신과 의사란 참 매력적인 직업이 아닐 수 없다.

한 번은 젊은 여성 환자분이 찾아왔다. 그녀는 자신의 삶에는 큰 문제가 없는데, 자꾸만 우울해하는 자신이 이해가 가지 않는다고 이야기했다. 그리고 그녀는 반복해서 같은 꿈을 꾼다고 했다. 꿈속에서 그녀는 항상 끝이 보이지 않는 보석들로 치장된 회색의 복도를 걸어가고 있었다. 복도의 벽에는 창문도 없고, 그녀는 복도 속에서 어디로 가야 할지 알 수 없는 불안함에 사로잡혀 있다고 이야기했다.

나는 그녀의 꿈을 들으며 그 꿈이 그녀의 삶에서 무엇을 의미하는지 탐구했다. 꿈을 탐색하는 과정에서 그녀는 잊고 있던 어린 시절 기억들을 떠올려 내기도 했다. 어릴 적 미국 백화점에서 부모님과 떨어

져 길을 잃고 헤매던 순간을 떠올리는 등 우리는 하나
씩 꿈의 파편들을 모으면서 조금씩 알게 되었다. 그녀
의 꿈은 삶에서 자신이 길을 잃은 느낌, 방향성을 잃
은 채 방황하는 자신의 감정을 상징하고 있었다는 것
을 말이다.

그녀는 사실 자신은 더 이상 부모님의 보석가게
일이 아닌 자신이 좋아하는 일을 하고 싶어 했다. 그
러나 자신은 무엇을 좋아하는지, 무엇을 자신이 잘할
수 있는지 모르는 것 같아 한심하게 느껴진다며 눈물
을 흘렸다. 부모님의 도움 없이는 아무것도 못하는 것
만 같아 독립하는 것에 대한 두려움도 이야기 주었다.
그렇게 나는 그녀의 꿈을 통해 그녀의 마음에 닿을 수
있었다.

이 글을 쓰는 지금, 어쩌면 내가 정신과 의사라는
직업을 선택한 것은 우연이 아닐지도 모른다는 생각
이 들었다. 어린 시절부터 들었던 어머니의 이야기들,
그리고 그 이야기들이 나에게 준 호기심이 나를 이 길
로 이끈 것은 아닌지 하는 생각이 들었다.

나는 앞으로도 계속해서 환자들의 꿈을 듣고, 그들과 함께 그들의 내면세계를 탐험하며, 더 많은 이야기를 수집하고 싶다. 이런 일을 할 수 있는 정신과 의사라는 직업은 나에게 참 매력적인 직업이다.

꿈 수집가의 서재

꿈 수집가인 제가 모은 꿈들은 마치 동화책처럼 다채롭고 엉뚱하기도 합니다. 저의 서재에는 각기 다른 이야기와 감정이 담긴 꿈책들이 가득합니다. 다른 곳에서 듣지 못할 이야기들이기에 더욱 소중합니다.

구름
위
강아지

강아지는
어디로
갔을까?

01

계속해서 떨어지고 있어요

02

미로의 숲 이야기

03

04

계속해서 연주를 하는 남자의 이야기

04

별빛
그리고
꿈

잊고 있던
옛 기억에
대하여

05

해변가에서

모래 사장에서 찾고 있는 것은
무엇인가요?

90

꼭 정답만을 이야기 해야 하나요

기억에 남는 환자 A가 있다. 엄격한 아버지와 어머니는 항상 A를 나무랐다. 마음가짐부터 A의 모든 것을 자신들이 생각하는 정답으로 교정하려고 했다. 사회 경험도, 대인관계도 부족했던 A는 우울증과 함께 좁고 쓸쓸한 자신의 방에서만 지내고 있었다. 가족과도 대화하기 어려워하는 A의 모습을 보면서, 학교나 사회 속에서는 얼마나 힘들어했을지 상상하기조차 어려웠다.

이럴 때 나는 환자의 보호자에게 부탁을 드릴 때가 있다. "환자는 그렇게 바보가 아닙니다. 잘못된 게 무엇인지 알고, 고치고 싶어 합니다. 다만 조금 겁을 먹고 웅크린 환자의 이야기를 한 번만 들어주고 기다려 주시면 감사하겠습니다"라고 말이다. 여러 난관들이 있지만, 계속해서 이런저런 이야기를 하다 보면, 내가 의사여서 그런 것인지는 몰라도 모두들 결국 알겠다고 한다.

그러나 곧 가족 면담이 시작되고, A가 자신의 말을 마치면 A의 말이 끝나기 무섭게 보호자들은 이야기한다. 돌려서 표현할 뿐이지 "네가 마음이 약해서 우울증이 걸린 거야. 제발 좀 정신을 차려라"라는 이야기들이 나온다. "남들은 다 힘들어도 참고 돈 벌어서 부모 용돈도 주는데, 너는 뭐 하는 거니?"라는 이야기까지 나왔다. 염려로 인한 것이라고 느껴지지 않을 정도로 냉정한 말들이 서슴없이 가족 면담 중 튀어나왔다.

보호자를 1시간이나 붙잡고 설명한 나의 노력이 물거품처럼 사라졌다는 것보다도, 다시금 질책받는 A의 모습이 마음이 아팠다. A는 조용히 부모에게 죄송하다는 말과 함께 자신의 병실로 돌아와 눈물을 흘렸다.

겉으로 드러내지는 않지만, 이렇게 환자의 눈물을 볼 때면 속이 상할 때가 있다. 꼭 상대방에게 자신들이 생각하는 정답만을 말해야만 하는지 보호자에게 물어보고 싶었다. 아니, 그게 정말 정답일까? A는 이렇게나 열심히 치료를 받고 있는데, 우울증과 대인 기피를 고쳐야 한다는 것을 환자가 모를 것 같은지, 자식 노릇을 당장 하고 싶어 하지 않을 것 같은지, 사실나는 보호자들에게 이런 질문들을 물어보고 싶었다.

A와 같은 환자들은 그저 그들의 이야기를 들어주고, 있는 그대로 받아들여주는 것만으로도 큰 힘을 얻을 수 있다. 때로는 다그치기보다는 그들이 자신의 속도로 나아갈 수 있도록 도와주어야 하는 순간이 있다. 비록 그 과정이 느리더라도, 그들이 자기 자신을 회복하고 강해질 수 있는 시간을 주어야 한다. 어떤 때는 지켜봐 주는 것이, 어떤 때는 기다려주는 것이, 그리고 어떤 때는 함께 울어주는 것이 오히려 정답일 수 있다.

우리가 살아가는 삶은 한 가지의 정답만이 있는 것이 아닌, 복잡한 문제들의 연속이다. 삶의 문제는 각자의 상황과 감정, 그리고 경험들이 만들어내는 복잡한 퍼즐 같은 것이기에 우리는 그것을 헤쳐나갈 정답을 알기란 쉽지 않다. 그렇기에 우리는 더욱 서로에게 귀를 기울이고 마음을 들여다보면서, 그렇게 함께 헤쳐나아가야 하는 것이다.

나는 모든 상황에서 생산적인 정답만이 필요하다고 믿는 사람들에게 이야기해주고 싶다. 살아가는데 정답이라는 것이 없기도 하지만, 때로는 그렇게 이성

적이고 정답처럼 보이는 것이 틀린 경우가 있다고 말이다. 그리고 조금만 더 여유를 가지고 서로의 마음속을 들여다보다 보면 우리는 느리더라도 정답을 향해 나아갈 수 있다는 것을 A의 보호자분께 이야기해드리고 싶었다.

" 삶의 문제는 각자의 상황과 감정, 그리고 경험들이 만들어내는 복잡한 퍼즐 같은 것이기에 우리는 그것을 헤쳐 나갈 정답을 알기란 쉽지 않다. 그렇기에 우리는 더욱 서로에게 귀를 기울이고 마음을 들여다보면서, 그렇게 함께 헤쳐 나아가야 하는 것이다. 조금만 더 여유를 가지고 서로의 마음속을 들여다보다 보면 우리는 느리더라도 정답을 향해 나아갈 수 있다 "

- 꼭 정답만을 말해야 하나요

돌아갈 곳

재산을 다 탕진하고 아버지 집으로 돌아온 방탕한 탕아. 긴 고생 끝에 캔자스의 집으로 돌아간 오즈의 마법사 이야기 속 도로시. 여러 여정을 마치고 결국 자기 별로 돌아가는 어린 왕자. 아무리 길이 막히고 오래 걸려도 고향으로 향하는 귀성길에 오르는 수많은 사람들.

삶을 살아가는 데 있어 돌아갈 곳이 있다는 것은 무척이나 중요한 요소다. 이는 꼭 물리적 공간일 필요는 없다. 가령 죽음을 앞둔 사람들이 이를 극복해 내는 과정에서 자신이 원래 왔던 어떤 영적 세계로 돌아간다는 믿음으로 버텨내기도 한다. 삶을 살아가면서 힘든 일을 마주할 때, 우리는 돌아갈 곳이 있다는 것만으로도 많은 심리적 안정감을 얻고 정신적 좌절로부터 회복할 수 있다. 마치 정신의 고향으로 돌아가는 것이다.

혹은 모든 것을 포기하고 싶을 때, 방탕한 탕아처럼 결국 돌아갈 곳이 있다면 다시 한번 시작할 기회를 얻기도 한다. 도로시도 아마 돌아갈 곳이 없었다면, 그 험난한 여정들을 견뎌내며 자신의 내면에 잠재된 힘을 발견하기 힘들었을지도 모른다.

몇 년 전, 나는 한 남성 환자를 만난 적이 있다. 그의 부모님은 맞벌이를 하는 분으로, 환자분은 할머니 손에 자란 분이었다. 그의 할머니는 그에게 유년 시절의 행복한 기억과 따뜻함을 주는 유일한 존재였다. 입원 기간 중 그의 할머니는 돌아가셨고, 이러한 사실을 알게 된 환자는 극심한 상실감에 시달렸다. 할머니라는 존재는 자신에게 유일한 따뜻한 사람이었으며, 유년 시절의 행복한 기억이기도 했다. 그에게 할머니의 부재는 자신이 돌아갈 심리적 안식처가 사라진 것과 같았다. 우울감이 악화된 그는 결국 예상했던 것보다 입원 기간이 길어지게 되었다.

할머니가 돌아가셨다는 소식을 들었을 때, 그는 마치 자신의 일부가 사라져 버린 듯한 느낌을 받았다고 했다. 그에게 할머니는 단순한 가족이 아닌, 자신의 일부이자 마음의 안식처였던 것이었다. 이처럼 우리에게는 돌아갈 곳이 필요하다.

우리 모두는 언젠가 힘든 시간을 겪을 수밖에 없

다. 그럴 때 우리는 친구의 손길, 가족의 따뜻한 말 한 마디, 혹은 그저 자신을 위한 작은 공간, 그것이 무엇이든 돌아갈 곳이 필요하다. 그곳은 우리에게 평화와 안정을 가져다줄 뿐만 아니라, 다시 일어설 수 있는 용기를 준다.

나는 나와 인연을 맺은 모든 사람들이 자신만의 따뜻한 귀향지를 찾을 수 있기를 바란다. 그곳이 그들에게 평화와 안정을 가져다주기를, 그리고 다시 일어설 수 있는 용기를 주기를 진심으로 소망한다. 마치 도로시가 다시 캔자스로 돌아가 평온함을 찾았듯이, 우리 모두가 자신의 귀향지를 찾아 평화를 얻기를 바래본다.

환자와 함께 성장하는 경험

내게 용기를 준 한 환자분에 대한 이야기를 드리고 싶다. 그분은 서비스 직종에 종사하시는, 성품이 참 상냥한 분이었다. 선을 넘는 무례한 손님들에게도 싫은 내색 없이 항상 웃는 얼굴로 친절함을 잃지 않는 그런 분이었다. 흔히 말하는 순딩이 같았던 환자분은 자신이 받는 상처는 꽁꽁 숨긴 채 다른 사람만을 챙기며 지내왔다. 마음이 아프게도, 환자분은 일적인 스트레스와 계속해서 쌓여만 가는 상처들로 인해 우울과 불안이 생기게 되었고 결국 내 외래로 오시게 되었다.

환자분은 자신의 생각이나 의사를 타인에게 솔직하게 표현하기 어려워하셨다. 그분은 자신이 그럴 자격이 없다고 생각하기도 하고, 자신의 생각을 말하는 것은 마치 타인을 공격하는 것처럼 느꼈다. 그러나 진료에 성실하고, 노력을 열심히 하셨던 환자분은 결국 조금씩 다른 사람에게 자신의 생각이나 의사를 표현하고 거절도 할 수 있게 되었다. 그렇게 환자분이 처음에 보였던 우울과 불안은 조금씩 수그러들었다.

어느 날, 환자분은 진료실에서 밝은 미소를 지으며 내게 말했다. "선생님 덕분에 너무 잘 지내고 있습니다. 정말 감사드려요." 그 말을 듣고 오히려 나는 마음 한편으로 부끄러움을 느꼈다. 환자분께서는 진료 때마다 자신의 생각이나 의사를 적절히 표현하는 것이 얼마나 중요한지 이야기하면서, 정작 나는 그러하지 못하는 사람이었기 때문이다. 환자분의 변화를 직접 보면서 사실 나는 속으로 생각했다. "환자분은 나보다 용기 있는 분"이라고.

환자분은 점점 더 자신감 있게 자신의 의견을 표현하며 삶을 살아갔다. 반면, 나는 여전히 친구나 주위 사람들의 무리한 부탁에 스트레스를 받으며 실없이 YES라고만 이야기했다.

하루는 무리한 상대의 요구를 받던 중, 외래에서 밝게 웃으며 "이제는 사람들을 대하는 게 편해요"라고 말씀하시던 환자분이 떠올랐다. 그리고 그날, 나도 조심스럽게 용기를 내어 보았다. 상대의 요구에 떨리는 마음으로 솔직하게 거절한 것이었다.

환자분은 모르시겠지만, 덕분에 나도 덩달아 조금씩 나아지고 있다. 삶은 종종 내가 생각하지 못한 방식으로 나를 가르치는 것 같다. 나와 환자분은 서로 다른 위치에서 시작했지만, 결국 우리는 서로의 거울이 되어 주었다. 나는 그분을 통해 진정한 용기와 자기표현의 중요성을 다시금 배울 수 있었다.

환자분이 내게 준 용기와 배움은 내 삶의 소중한 일부가 되었고, 나는 그분께도 같은 의미를 전하고 싶다. "당신 덕분에 저는 보다 더 평온한 삶을 살게 되었습니다."라고 말이다. 나는 내일도 환자분들을 만나러 간다. 그들과 함께 성장하고, 서로의 거울이 되어주는 그런 만남을 기대하면서 말이다.

" 환자분은 모르시겠지만, 덕분에 나도 덩달아 조금씩 나아지고 있다. 삶은 종종 내가 생각하지 못한 방식으로 나를 가르치는 것 같다. 나와 환자분은 서로 다른 위치에서 시작했지만, 결국 우리는 서로의 거울이 되어 주었다. 나는 그분을 통해 진정한 용기와 자기표현의 중요성을 다시금 배울 수 있었다 "

- 환자와 함께 성장하는 경험

똑같은 이야기만 반복하는 사람

전세 사기 뉴스를 보다가, 전세 세입자로 계시는 할머니가 생각났다. 작년 겨울, 기존 아파트 세입자가 급하게 집을 비우게 되면서 새로운 세입자를 구했는데, 고생 끝에 만나게 된 분이 바로 지금 이야기하는 할머니였다.

처음 뵌 날부터 인상이 깊은 분이었다. 네 차례 정도는 직접 만나 뵙기도 했고, 몇 차례 통화도 했다. 수다쟁이 할머니는 틈이 날 때마다 끊임없이 같은 내용을 자랑하셨다. 입주하기 전날, 집안 물품들을 손봐드리러 갔을 때도 할머니는 마찬가지로 재산 자랑을 늘어놓으셨다.

세입자 할머니를 뵐 때면 환자 X가 떠올랐다. 환자 X는 진료에 매우 성실했지만, 매번 정신과 의사의 무능력함을 토로했다. 이전 정신과 의사와도 1년 이상 진료를 보았는데 나아진 것은 없고, 지금도 나아지는 게 없다며, 정신과 의사들의 무능력함에 대해 어떻게 생각하냐고 계속 물어보는 분이었다.

동료 Y는 내게 말했다. "그렇게 말할 거면 치료를

받지 말지, 기껏 열심히 진료받으러 와서는 왜 맥 빠지게 저 말만 수도 없이 반복하는지 모르겠어요." 환자 X의 가족들도 내게 말했다. "X는 자신은 나아질 수 없다는 말을 끊임없이 우리에게 해요. 이건 X가 우리를 화나게 하려고 하는 걸까요? 선생님은 어떻게 생각하시나요?"

한두 번, 혹은 기분이 상할 때마다 그런다면 그런 의미일 수도 있겠다고 나도 생각한다. 하지만 매 순간 같은 문제를 이야기하는 것은 보이는 것과 달리, 조금은 다른 의미를 가지고 있다고 나는 생각한다. 그렇기에 당시 나는 보호자에게 말했다. "X는 자신이 느끼는 깊은 무기력감을 어떻게 전달해야 할지 모를 정도로 힘든 상황이라, 그 힘듦을 저렇게 표현해 내는 것 같아요."라고 말이다. 그리고 우리가 X의 말에 지치는 감정의 크기가 클수록, X가 우리를 화나게 하려는 노력이 더 큰 게 아니라 사실 X의 고통이 그만큼 크다는 의미로 생각해 볼 수 있을 것 같다고 이야기했다.

세입자 할머니도 계약 날에만 돈 자랑을 했다면, 처음에는 짜증이 났을지도 모른다. 하지만 내가 입주

전날 집을 점검하러 간 날에도, 통화하는 짧은 순간들 속에서도 같은 이야기를 반복하는 모습은 환자 X를 떠올리게 만들었다. 아마도 세입자 할머니께서도 무언가 내게 이야기하고 싶은 것이 있을 것이라는 생각이 들었다. 그것이 외로움일지, 조금만 더 대화를 나누고 싶은 마음일지 어떤 것인지는 모르겠지만 말이다.

골똘히 생각해 보니 환자 X뿐만 아니라, 똑같은 말을 계속하는 사람이 주변에 많다는 것을 깨달았다. 지금은 돌아가신 내 할머니도 항상 죽어야 한다고 이야기해서 가족들과 자주 다투셨다. 그때는 그 이유를 몰랐던 것이 후회된다. 아마 할머니도 이야기하고 싶었던 것이 있으셨을 텐데 말이다.

환자 X를 떠올리게 만든 세입자 할머니에게 나는 새해를 맞아 연락을 드렸다. 새해 건강하시고, 그 집에서 머무시는 동안 항상 좋은 일만 있으셨으면 좋겠다는 인사와 함께, 필요한 도움이 있으면 언제든지 편하게 연락 달라고 말이다.

퇴근 시간

공감 받은 하루

때때로 우리는 살아가면서 말 못 할 아픔이나 어려움을 한 번쯤 겪게 된다. 이러한 상처는 쉬이 회복되기도 하지만, 때로는 우리를 오랫동안 괴롭히기도 한다. 이렇게 긴 시간 동안 아픔을 겪다 보면 우리는 세상 누구로부터도 공감받지 못하는 듯한 생각에 사로잡히기도 하고 깊은 외로움을 느끼기도 한다.

나 역시 그런 아픔들을 안고 살아간다. 너무나 힘든 마음에 때로는 용기를 내어 이러한 아픔을 털어놓기도 했지만, 주변 사람들의 반응은 내 기대와 다를 때가 많았다. 이런 일이 쌓여가면서 나는 "내가 예민한 걸까?"라는 생각과 함께 내 아픔을 그저 속으로만 삼키며 지내왔다.

그러던 어느 날, 우연히 나와 비슷한 아픔을 가진 친구를 만나게 되었다. 놀랍게도 그 친구는 나와 같은 방식으로 그 아픔을 대하고 있었다. 우리는 서로의 아픔을 공유하고 나눠가는 과정에서 깊은 우정을 쌓게 되었다. 우리는 서로에게 "이 아픔을 제대로 공감해주는 사람은 네가 처음이야"라고 이야기하곤 했다. 서로의 상황이 비슷하다는 사실보다, 서로로부터 공감을 받고 있다는 것이 우리에게는 너무나 큰 위로가 되었다.

정신과에서 공감은 빼놓을 수 없는 주제이다. 그동안 나도 정신과 의사로서 공감에 대해 여러 가지로 고민해 보았다. 공감이란 무엇일까? 서로 다독여주는 일? 힘들었겠다고 말해주는 것? 사전을 찾아보니, 공감은 남의 감정, 의견, 주장에 대해 자기도 그렇다고 느끼는 것, 또는 그렇게 느끼는 기분이라고 한다. 사전적 정의에서는 자신이 느끼는 것에 대해서만 이야기하고 있다. 하지만 나는 말하는 이가 자신이 이해받고 있다고 느끼는 것 또한 공감에서 중요한 부분이라고 생각한다.

문제는 말하는 이가 자신이 이해받고 있다는 느낌을 주는 것이 꽤나 어려운 일이라는 것이다. 말하는 사람이 처한 상황이나 성장 과정 같은 복잡한 부분들을 이해하고, 그 사람의 시선에서 문제를 바라보며 공감이 이루어져야 가능하기 때문이다.

공감은 이렇게나 이루어지기 힘들기에, 어쩌면 세

상을 살아가는 많은 사람들이 사실 속으로 "나를 온전히 공감해 주는 사람은 별로 없어"라고 생각하며 지내고 있지 않을까라는 상상을 해본다.

이렇게나 어려운 공감이라는 것을, 오늘 친구로부터 한아름 받고 왔다. 정말 많은 위로를 얻은 날이다.

나 정말 힘들어

진료실에서는 점잖은 척하며 환자분들의 이야기를 들어주는 나도 진료실 밖에서는 때때로 어린아이로 돌변한다. 오늘도 의사라는 역할을 내려놓은 채, 나는 어리광 피우는 아이가 되어 친구들과의 모임에서 목 놓아 외쳤다. 나 정말 힘들다고, 나 정말 피곤하다고. 중학교 친구 셋이 모여 밤새 이야기를 나누었다. "나 요즘 회사에서 야근만 해서 너무 피곤해"라고 한 친구가 말했다. "나는 어린애들 때문에 잠을 제대로 못 자"라고 다른 친구가 덧붙였다. "나도 병원 당직이 너무 많아서 힘이 들어"라고 내가 말했다.

각자 자신은 정말 피곤하고, 힘들다는 노래를 열심히 불렀지만, 서로의 노래에 귀를 기울여 주지는 않았다. 그날 밤 그렇게 피곤한 사람들이 모여 각자 한껏 신난 채로 "나는 정말 힘들어"라고 외치고는 집으로 돌아갔다. 홀로 걸어 돌아오는 길에 나는 편안한 것인지 공허한 것인지 알 수 없는 감정이 들었다. 나는 정말 피곤해서, 정말 그토록 힘들어서 그리 열심히 이 말만 외치고 온 걸까? 나도 잘 모르겠다. 그러나 한 가지는 확실하다. 친구들도, 나도, 우리 중 그 아무도 오늘 서로가 나눈 대화 내용은 신경 쓰지 않았다. 내일이 되면 오늘 나눈 이야기는 새까맣게 잊은 채 또 다른 장소에서, 또 다른 사람들과 다시금 노래를 부르고 있지 않을까 싶다. "나 힘들어", "나 피곤해"라고.

결국 나도, 친구들도, 자기만큼 피곤한 사람은 아무도 없다고 생각하는 걸까? 요즘 시대에 힘들다는 말, 피곤하다는 말은 그 말의 힘을 잃어만 가는 것 같다. 진료실 안에서는 그렇게나 무거운 말이, 진료실 밖에서는 점점 그 의미가 퇴색되어만 가는 것 같아 이상한 기분이 들었다.

어쩌면 우리 모두 다른 사람들의 상처와 힘듦에 점점 무관심해져 가고 있는 것은 아닐까? 아니면 너무나도 쉽게 자신의 아픔을 밖으로 드러내고 다녀서 힘들다는 말이 그 힘을 잃어가는 것일까? 집에 돌아오는 길 위, 밝게 빛나는 저 보름달의 달빛마저 서글픈 느낌이 드는 밤이었다.

너무 많다

어느 순간부터 내가 접하고, 듣고 있는 것들이 너무 많아졌다. SNS를 시작하면서부터였을까? 스마트폰을 손에 쥐면서부터였을까? 그 시작점은 정확히 기억나지 않는다. 어느 날부턴가 나는 "너무 많다"라는 생각을 하고는 했다.

예전에는 멀리 떨어진 친구나 지인의 소식을 알기 위해서는 작은 정성이 필요했다. 직접 전화를 걸거나, 편지를 써야만 했으니 말이다. 그 과정에서 우리는 기다림과 설렘을 느꼈고, 그만큼 소식 하나하나에 더 큰 의미를 부여했다. 그러나 이제는 다르다. 페이스북이나 인스타그램 같은 소셜 네트워크를 통해 우리는 친구뿐만 아니라 전혀 알지 못하는 사람들의 일상까지 손쉽게, 그리고 너무 많이 접하게 된다. 스크롤을 내리다 보면, 끝도 없이 이어지는 타인의 삶이 나의 일상 속으로 밀려들어온다.

그런데 너무 많은 것은 이것만이 아니다. 이메일함과 문자함을 열어보면 깜짝 놀란다. 끊임없이 쏟아지는 광고, 캠페인, 금융 상품, 브랜드, 뉴스 등 끝도 없이 밀려드는 정보들. 어느 순간부터인가, 이 모든 것이 과하게 느껴졌다. 너무 많은 것들 속에서 나는 점점 지쳐갔다.

문제는 나 자신에게도 있었다. 나도 모르게 다른 사람보다 더 많은 것을 얻고 싶어 하는 욕심이 있었다. 내 그릇에 맞게 적당히 담아야 하는데, 자꾸 넘치도록 담으려 했다. 그러다 보니 불만이 쌓이고, 시기와 질투가 자라났다. 내가 가진 것보다 남이 가진 것이 더 커 보였고, 그로 인해 나 자신을 깎아내리기 시작했다. 그렇게 지내다 보니 마음의 여유는 사라지고, 불안과 초조함만이 남았다.

환자분들도 비슷한 이야기를 내게 한다.

"유능한 선배와 자꾸 비교하게 돼요."
"친구들의 SNS를 보면 저만 초라해 보여요."
"뭐부터 해야 할지 모르겠어요."
"어차피 부자 친구들처럼 못 살 텐데 무슨 의미가 있겠어요?"
"다들 잘 사는 것 같은데 저만 이렇게 살아가는 것 같아요."

그들의 이야기를 들을 때마다, 나는 그 속에서 나 자신을 발견하게 된다. 우리 모두는 너무 많은 것들에서 사이에서 끊임없이 비교하고, 그걸 다 손에 쥐려고 하는 과정 속에서 자신을 잃어버리고 있는 것은 아닐까.

어쩌면 지금 우리가 살고 있는 사회는 모든 것을 받아들이기엔 너무 과부하가 걸린 상태일지도 모른다. 그래서 이제는 나에게 정말 필요한 것들만 남기고, 나머지는 과감히 내려놓으려고 노력 중이다. 욕심은 조금 비워내고 나에게 의미 있는 것, 나를 진정으로 행복하게 하는 것들만을 남긴 채 나머지는 흘려보내는 것이다.

최근에 이런 나를 위해 새로운 습관을 하나 들였다. 매일 아침 일어나서 가장 먼저 스마트폰을 확인하는 것이 아니라, 창문을 열고 바깥 날씨를 확인을 하는 것이다. 그리고 그날 아침의 시작을 알리는 러닝을 준비하여 집을 나선다. 이 작은 변화가 나의 하루를 어떻게 바꾸는지 놀라울 따름이다. 너무 많은 것들에서 잠시 벗어나, 그날 아침을 알리는 주변 풍경들과 내 감각들에 집중하는 것은 생각보다 큰 힘을 준다. 그렇게 아침 러닝을 뛰며 나는 복잡한 생각들을 정리하고, 마음의 평화를 찾는다.

채우는 것은 어렵지 않은데, 비워낸다는 건 참 쉽지 않은 일인 것 같다.

"너무 많다. 그리고 내 욕심도 많다."

모든 모습이 나인 걸

올 해도 벌써 절반 가까이 흘렀다. 시간은 참 빠르게도 흐른다. 그리고 내 나이를 실감할 때마다 어딘가 낯선 감정이 스며든다. 큰 변화가 아니라 하더라도, 마음 한구석에서 지금의 나는 뭔가 살짝 어긋나 버렸다는 느낌을 받기도 한다. 그럴 때면 나는 지금껏 걸어온 길을 돌아보기도 하고, 앞으로 걸어갈 길을 그려보기도 한다.

어렸을 때의 나는 항상 지금보다 더 나은 사람이 되고 싶어 했다. 그러한 마음에 조바심을 자주 느끼기도 했다. 하지만 사람이란 정말 변할 수 있는 걸까? 오랜만에 만난 옛 친구들은 여전히 그 모습 그대로이다. 변한 것이 있다면, 사회생활에 지쳐 생기를 조금 잃은 것과 돈에 민감해진 정도랄까?

자기 계발서나 TV 프로그램에서는 누구나 변할 수 있다고 말한다. "지금 모습에 안주하지 말아라!" "XXX처럼 살아라!" "지금의 너는 현명하지 못하다!" 라는 식의 말들을 끊임없이 쏟아내고는 한다. 이런 말에 홀려 책을 읽어봐도, 어떤 내 모습이 스스로 완벽하게 느껴질지, 어떻게 해야 그렇게 변할 수 있을지

깨닫지 못했다. 그럼에도 무작정 나는 지금보다 더 나은 사람이 되어야만 할 것 같다며, 나 자신을 채근해왔다. 그렇지 않으면 안 될 것만 같기도 했다. 때로는 이런 느낌들에 휩싸여, 덩달아 지금의 나를 미워하기도 했다.

사회에서 멋지다고 해주는 모습에 맞춰 변해야 한다는 생각에, 나답지 않은 행동을 억지로 해보려 노력해보기도 했었다. 하지만 결국 평소의 나처럼 행동하고, 일상은 반복되었다. "이런 하루가 쌓이다가 결국 내 인생은 끝나겠지"라는 생각이 들면 더욱 다급해지기도 했다. 어제와 다르게 특별하면서 스스로 발전적이어야 할 것 같지만, 그러다 보면 지금의 나를 미워하게 된다. 미워하다 보면 기운이 빠지고, 자기혐오적인 사고방식에 빠지곤 했다. 오히려 점점 더 나는 안 될 거라는 생각에 빠졌다.

요즘에는 매일 작은 선행을 실천하려고 노력중이다. 그래서 매일 길에 사람들이 버려놓은 쓰레기를 치우고 있다. 그러다가도 나도 모르게 가끔은 손에 쥐고 있는 작은 쓰레기를 길에 몰래 버리기도 한다. 쓰레기를 버리고 나면, 몰래 쓰레기를 버린 나는 사실 내가 아니고, 길의 쓰레기를 줍고 선행을 하는 모습만이 내 모습이어야 한다고 생각하기도 했다. 그러나 이제는 이런 모습, 저런 모습 모두 나라는 생각을 한다.

요즘의 나는, 어떤 이상적인 모습만이 나 자신이고, 항상 그래야만 한다는 생각을 조금은 내려놓았다. 다양한 내가 있는데 자꾸 특정 모습은 멋지지 않다는 이유로 부정하다 보니 괴로움이 왔던 것 같다. 세상에 치이며 혹시라도 내가 베푸는 마음이 좁아졌다면 그것도 다양한 내 모습 중 하나로 생각하기로 했다. 내가 아닌 것이 아니다. 언젠가는 다시 잘 베풀지도 모른다. 사람은 한 가지 모습만으로 있을 수도 없고, 부족한 모습을 보일 때도 있고, 좋은 모습을 보이는 순간이 있기도 할 테니깐 말이다.

나에게 멋지다고 생각되는 모습만이 진정한 나로 인정받을 수 있다고 생각하는 것을 멈췄다. 내가 바라지 않았던 내 여러 가지 모습들을 부정하고 강요하는 것을 그만두었다. 부족한 점이 있더라도, 이런 내 모습을 받아들이고 즐겁게 살아가다 보면, 또 어느 때는 상냥한, 잘 해내기도 하는 내 모습을 만나기도 할 테니깐 말이다. 혹시라도 변하고 싶은 마음에 다시금 노력을 할지라도, 지금의 나도 사랑스럽지만 또 다른 나를 만나보고 싶어 노력하는 긍정적인 마음과 내가 싫어 다른 사람이 되고자 불평하는 것은 큰 차이가 있을 것이라 생각한다.

그렇게 지금의 나는 별로라서 변해야 한다는 강박관념, 지금의 나는 내가 아니라는 부정적인 사고방식에서 조금씩 벗어나면서, 마음도 한결 편해지고 여유도 되찾은 것 같다. 이건 오래된 생각은 아니고 환자분들과 면담하면서 나 자신을 돌아보다 보니, 나도 환자분들에게 이야기해 주듯이 스스로를 대해줘야 한다고 생각했던 게 도움이 컸던 것 같다. 환자분들에게 전하는 내 진심들이, 때로는 나에게 돌아와 힘이 되어주기도 하는 것 같다. 그렇게 요즘의 나는 부족한 내 모습들 하나하나 꼬옥 안아주고 있다.

잘하는 내 모습도 부정하지 말고, 부족한 내 모습도 부정하지 않으려고 한다. 모든 내 모습들은 결국 다 나이니깐 말이다.

" 나에게 멋지다고 생각되는 모습만이 진정한 나로 인정받을 수 있다고 생각하는 것을 멈췄다. 내 여러 가지 모습들을 부정하고 강요하는 것을 그만두었다. 부족한 점이 있더라도, 이런 내 모습을 받아들이고 즐겁게 살아가다 보면, 또 어느 때는 상냥한, 잘 해내기도 하는 내 모습을 만나기도 할 테니깐 말이다 "

- 모든 모습이 나인걸

상처를 품은 용서

진료를 보다 보면, 사람들은 정말 여러 모습의 상처들을 겪으며 살아간다는 것을 알게 된다. 그리고 대부분의 많은 사람들은 이런 상처들이 제대로 아물지도 못한 채로 살아가고 있다. 그동안 많은 분들을 뵈어왔지만 아직도 내심 속으로 "정말로?" "이런 일을?" 할 때가 종종 있다. 나 또한 사람 관계 속에서 여러 가지 일들을 겪고 이에 대한 상처들을 가슴속에 품고 살고 있기도 하다. 그러다 문득 용서라는 것은 무엇일까 곰곰이 생각해 보았다.

용서란 내게 한 일을 마치 없었던 일로 하는 것일까? 아니라면 그럴 수 있는 일이라고 생각하고 이해해 주는 것일까? 그것도 아니라면 그냥 내 안에서 흘러 보내는 것일까?

환자분들이 내게 들려준 이야기부터 내가 겪은 일들까지 하나하나 다시금 떠올려 본다. 저마다 상처를 준 상대가 내놓는 변명들은 가지각색으로, 그들은 정말 다양한 이유들에 대해 말하며 자신을 변호한다. 세상에는 이렇게나 다양한 종류의 변명들이 있지만 상처받은 이에게는 이런 변명들이 썩 위로가 잘 되지 않는 듯하다. 환자들도, 그리고 사실 나 자신도, 이런 변명들을 듣고 용서는 불구하고 듣고 견디는 것조차 참 힘들 때가 있다.

마음 한편으로는 지난 일들을 용서를 하고 싶은데 그게 참 쉽지가 않다. 내게 상처를 준 상대의 실수만 바라보며 결점만을 찾고 싶지 않으면서도, 어느 순간 나도 모르게 그렇게 하고 있는 내 모습을 발견할 때면 스스로가 놀라고 나 자신에게 실망을 하기도 한다. 그러다 보면 용서가 뭔지도 모르겠지만 어떤 과정을 거쳐야 가능한 것인지도 잘 모르겠는 순간이 찾아오기도 한다.

원한다고 할 수 있는 것도 아닌 것 같고 용서라는 게 생각보다 참 어렵다는 생각이 든다. 생각해 보니 어느 교과서에도, 상처로부터의 회복은 이야기해도 용서라는 개념은 보지 못했던 것 같기도 하다. 용서는 충분히 미워해야 용서를 할 수 있는 걸까?그 사람이 정말 진실되게 사과하면 용서를 할 수 있는 걸까? 아니라면 바다 같은 마음을 지녀야 용서를 할 수 있는 걸까?

지난 일들을, 상대를 용서한다고 말하면서 사실은 용서하지 못하고 있는 나 자신이 우습기도 하다. 왜 나는 상처를 놓아주지 못하고 원망과 분노를 품고 있을까. 때로는 수동-공격(passive-aggressive)을 보이는 때도 있는 나를 마주 할 때면, 나도 한참 부족한 정신과의사라는 아니 부족한 사람이라는 생각이 든다.

　상처가 많은 환자분들도, 나 자신도, 이러한 상처로부터의 회복이 있기를 기도해 본다.

대인 관계

지금까지 많은 사람들과 인연이 있었다. 때로는 그들과 가까운 사이로 발전하기도 했고, 때로는 멀어지기도 했다. 여전히 내 곁에 남아있는 관계들을 하나씩 떠올려 본다. 이 사람들과 특별한 사건 혹은 사연이 있어 가깝게 지내게 된 것은 아니었다.

가령 중학교 때부터 친하게 지내는 친구 두 녀석을 떠올려보면 이 친구와의 추억 속에 드라마 같은 이야기들이 녹아있지는 않다. 어쩌다 보니 자주 어울리고 어쩌다 보니 절친한 사이가 되었다. 다만 한 가지 확실한 것은 서로에게 솔직했고 순수했다는 것이다.

여기서 "솔직하다"라는 의미는 단순히 거짓말을 하지 않는 정직함에 대한 이야기가 아니다. 무언가 가슴이 느끼는 감정에 대한 것인데, 쉽게 말하자면 "억지로 나를 꾸미지 않는다"라는 느낌에 가까운 표현 같다. 나의 경우 상대와 내가 솔직하지 못하다는 느낌을 받으면 지금까지 연락을 잘하고 지냈더라도, 스스로 느끼기에 둘 사이에는 알 수 없는 미묘한 거리나 벽이 존재하는 것처럼 느껴진다.

문제는 나 스스로가 이 관계는 서로가 그다지 솔직하지 못하다고 느끼는 순간 그 관계를 오랫동안 지속하지 못하고 거리를 두고 만다는 것이다. 그래서 나를 좋아해 주거나 잘 챙겨주던 사람들과도 쉽게 멀어지고는 했다. 오로지 내 느낌, 감정 하나 때문에. 이런 내 사고방식 때문에 지금까지 여러 차례 주변 사람들에게 오해를 사고, 지적도 많이 받았다. 아마 사회생활이라는 과목이 있었다면 나는 낙제 점수였을 것이다.

상대방이 솔직하지 않다는 느낌을 받아서 멀어진 경우도 많지만 나 스스로가 솔직하게 대하지 못해 결국 멀어져 버린, 아쉬움이 남는 인연들도 있다. 치기 어린 마음과 감정, 이를테면 질투, 열등감과 같은 감정들에 사로잡혀 내가 솔직하지 못했다.

나이가 들어가면서 인간관계에서 만큼은 아쉬움을 남기지 않아 보려고 항상 사람들에게 솔직하고자 노력해 보기도 했다. 그러면서 느낀 것은 생각보다 사람을 대할 때 꾸밈없이 대하는 일도 쉽지 않다는 것을 느끼곤 한다. 솔직하려면 근본적으로 나에 대한 사랑이나 자신감과 같은 것들을 필요로 했기 때문이다. 더 나아가 동시에 타인에 대한 존중, 사랑까지 갖춰야 하기 때문에 내가 생각하는 좋은 관계라는 것은 정말 어려운 일로 느껴진다. 관계는 관계일 뿐인데, 내가 너무 내가 복잡하게 생각하나? 하는 의구심이 들기도 한다.

아마 당분간도 나는 사회생활, 대인관계 점수에서 A를 받기는 쉽지 않을 듯하다. 그래도 다행인 것은 이렇게 부족함에도 주변에 소중한 사람들이 여전히 머물러 주고 있다는 것이다. 적어도 내 사람들에게는 꾸밈없는 사람이 되어야지 하고 다짐해 본다.

외할아버지를 떠올리며

나의 외할아버지는 대학 병원에서 의료사고로 돌아가셨다. 외할아버지의 가족이면서도 의사라는 직업을 가지고 있었기에, 이러한 외할아버지의 죽음은 내게 더 혼란스럽게 다가왔다. 당시 외할아버지는 대학 병원에서 수술을 받으신 후 수술 부위 감염과 여러 합병증으로 인해 명료한 의식 상태를 유지하지 못하셨다. 외할아버지께서는 감염을 제거하기 위한 재수술과 소독을 여러 차례 받아야 했다. 하루는 외할머니께서 나에게 외할아버지를 모시고 수술 부위 드레싱을 교체하고 오도록 부탁하셨다.

그때는 감사하게도 잠시나마 외할아버지의 상태가 호전된 때였다. 외할아버지는 안색은 무척 좋지 않으셨지만, 나와 함께 처치실로 가는 동안 예전처럼 농담을 건네셨다. 우리는 처치실에서 의사를 기다리며 잠시 이야기를 나누었다. 곧 레지던트 한 분이 내려와 외할아버지의 드레싱을 교체해 주셨다. 드레싱을 마치고 병실로 돌아가기 전, 외할아버지께서는 내게 할 말이 있다며 천천히 병실로 돌아가자고 하셨다.

외할아버지의 말씀은 외할머니께서 인턴과 레지

던트들에게 너무 많은 불만을 늘어놓고 계신다는 것이었다. 수술 후 병원에서의 관리 미숙으로 인해 재감염 등 여러 문제를 겪으면서 외할머니의 신경은 매우 날카로워져 있었다.

외할아버지께서는 "곧 손주도 저렇게 인턴과 레지던트를 하게 될 것이고 실수도 하게 될 것이다. 저 인턴 레지던트들이 손주라고 생각하고 조금만 배려하고 잘해주도록 하자. 우리가 저들을 대하는 태도가 곧 손주가 받게 될 대접이다."라며 외할머니께 온화하게 의사들을 대해주기를 부탁하셨다고 말씀하셨다. 그리고 내게는 "나중에 힘들더라도 너도 환자들을 볼 때 할아버지나 할머니 같은 가족이라 생각하면서 열심히 병원 생활을 하고, 혹시라도 실수를 하더라도 너무 기죽지 않기를 바란다"라고 하시며, 마지막으로 "실수는 고쳐나가면 되는 것이니 앞으로 의사 생활에서 너무 스트레스 받지 않기를 바란다"라고 말씀하셨다.

외할아버지의 말씀을 들었을 때도 그러했고 지금 이 순간에도 그때를 떠올리면 나 자신이 너무나도 부끄럽게 느껴진다. 당시 나는 전문의는 아니었지만 가족들 중 유일한 의사였다. 그리고 스스로 타인을 잘 챙길 줄 아는 괜찮은 사람이라고 생각했다. 의사이면서 다른 사람을 잘 챙길 줄 안다고 자부했던 나는, 사실 외할아버지가 이렇게 투병 생활 중이심에도 불구하고 병문안을 자주 가지 않았다.

하지만 외할아버지는 내게 어떠하셨는가? 정신을 차리기도 힘든 몸 상태에서도 나를 떠올리며 걱정해 주시고 내 앞날을 염려해 주셨다. 나 자신이 참 부족한 사람이구나라는 것을 느끼는 순간이었다. 해외 봉사, 유기견 봉사, 의료 봉사 등의 활동을 틈틈이 하며 나 자신에게 뿌듯해했지만, 정작 돌이켜보니 내 가족 하나 제대로 챙길 줄 모르는 사람이었다.

며칠 후 외할아버지와 나눈 이 대화는 결국 마지막 대화가 되어버렸다. 급작스럽게 상태가 다시금 악화되시면서 돌아가시게 된 것이다. 가족 누구도 준비되지 않았고, 생각지도 못한 일이었다. 어머니 곁에서 오랜 시간 함께 보냈지만 어머니가 이토록 슬피 우시는 모습은 처음 보았다. 외할아버지의 죽음은 의료 사고로 인한 죽음이었기에 모두 이 사실을 자연스럽게 받

아들이기 어려웠고 병원과 의사에 대한 분노는 매우
컸다.

　의료 사고나 환자의 죽음은 이전에도 병원 실습을
하며 혹은 기사를 통해 여러 차례 접해왔다. 그럴 때
면 나는 내심 의사는 분명 최선을 다했을 거야, 그들
도 어쩔 수 없었을 거야라며 의사의 편을 들어주었다.
하지만 막상 나의 가족 일이 되니 정말 혼란스러웠다.
외할아버지께서는 그저 운이 없으셨던 걸까? 조금만
더 신경을 써주었다면 이런 일이 없었을 것 같은데,
담당 의사는 어디까지 책임을 져야 하는 걸까? 담당
주치의였던 의사의 상황은 나의 외할아버지를 좀 더
신경 써주기에는 불가피했었을까? 어머니와 외삼촌
들, 그리고 외할머니는 어떻게 내가 위로해야 하는 걸
까? 이런 물음들이 계속해서 내 머릿속을 떠나지 않
았다.

　어느 정도 시간이 흐른 뒤 외삼촌은 내게 말했다.
지금 생각해 보면 외삼촌은 혼란스러워하는 나를 위
로해 주신 것일지도 모르겠다. 외삼촌은 내게 "좋은
방향으로 생각하기 힘들지만 할아버지를 담당했던 의

사분들은 분명 다른 누군가의 생명을 구해냈을 것이고 안타깝지만 외할아버지의 운명은 그 목록에 들지 못한 것으로 생각하자"라고 이야기했다. 그리고 "의사들에 대한 분노보다는 이제는 외할아버지께서 좋은 곳에서 편하게 쉬고 계시기를 바라는 것이 더 좋을 것 같다"라고 이야기했다.

이제 외할아버지께서 돌아가신 지 꽤 많은 시간이 흘렀다. 공중보건소에서 군복무를 하던 내가 어느덧 전문의 자격을 가지고 개원가에서 진료까지 보고 있으니 말이다. 나의 외할아버지께서는 감사하게도 내게 상실감과 슬픔만을 남겨두고 가지 않으셨다. 외할아버지께서는 마지막 순간까지 내게 위로와 용기를 주고 가셨다.

가끔은 상상을 해보기도 한다. 외할아버지께서 혹시라도 "아! 맞다!"를 외치며 반복해서 작은 실수들을 하는 나를 보시게 된다면 "아이고, 우리 손주, 이렇게 실수를 많이 할 줄은 몰랐잖아!" 하시며 웃으실 것 같다. 그리고는 나지막이 내게 다가와 "그래도 잘하고 있으니 걱정 마라" 하시며 어깨를 툭툭 두드려 주셨을 것 같다.

할아버지! 그래도 이제는 어엿한 전문의가 되었습니다. 기죽지 않고 열심히 하고 있으니 너무 걱정하지 마세요!

어느덧 책의 마지막 페이지에 다다랐습니다. 저의 하루하루는 항상 예상치 못한 일들로 가득 차 있습니다. 어리숙한 실수들, 당황스러운 순간들, 그리고 그 속에서 피어나는 따뜻한 웃음들 말이죠. 이 이야기들을 통해 조금이나마 제가 느꼈던 위로와 소소한 깨달음들을 전할 수 있었다면 좋겠습니다.

저는 여전히 어리버리하지만 진심으로 환자들을 대하며 하루를 살아가고 있습니다. 어쩌면 이러한 어리버리함이 오히려 저를 더 인간적으로 만들어 주는 것 같습니다. 때로는 실수를 통해, 때로는 예상치 못한 상황 속에서 환자들과 더 가까워지고, 그들과 진정으로 소통할 수 있게 해주니까요.

제가 정신과 의사로서 환자들에게 다가가며 겪은 에피소드들은 그저 웃음과 감동을 전하려는 것은 아닙니다. 어쩌면 여러분도 저처럼 어리버리한 순간들을 겪고 있을지 모릅니다. 하지만 그 속에서 발견할 수 있는 따뜻한 순간들, 소소한 깨달음들이 여러분의 일상에 작은 행복과 위로를 가져다주기를 바랍니다.

간혹 정신과 의사는 매섭고 냉정한 평가를 내리는 차가운 사람이라는 생각이 들어 진료를 보기 어려워하거나 두려워 하는 분들을 뵙기도 합니다.

한 가지 더 바램을 가져 본다면 그런 분들께 정신과 의사들은 모두 다른 성격과 모습을 가지고 있지만, 저희는 찾아 오는 분들을 같은 편에 서서 돕고 위로를 드리고자 한다는 것을 알려드리고 싶었습니다. 저희는 진료실을 찾아오는 사람들을 어떠한 잣대로 평가하거나, 혼을 내는 사람들이 아닌 것을 말씀드리고 싶었습니다. 그러니 도움이 필요하다면 언제든지 편하게 정신과 진료실의 문을 두드려 볼 수 있는 용기를 드리고 싶은 바램이 있습니다.

'아, 맞다! 내가 진료 중이었지?'는 제 이야기이지만, 동시에 우리 모두의 이야기이기도 합니다. 어리버리하기도 하고 부족하지만, 따뜻한 마음을 가진 우리 모두의 일상을 담은 이야기라 저는 생각합니다. 지금까지 이 책을 읽어 주셔서 감사드리며, 여러분의 일상

속에서도 '아, 맞다!' 하고 미소 지을 수 있는 순간들
이 가득하길 바랍니다.

이제 저는 다시 어리버리한 정신과 의사로서의 일
상으로 돌아갑니다. 오늘도 예상치 못한 상황들이 기
다리고 있겠죠. 하지만 그 속에서 환자들과 함께 울고
웃으며, 조금 더 나은 내일을 만들어가고자 합니다.

감사합니다.

아 맞다, 내가 진료중이었지
어느 어리버리 정신과 의사의 하루하루

초판 1쇄 발행 : 2024년 7월

지은이 : 노현재

그림 : 김현경

전자 우편 : doctorgeek@naver.com